AF237462

Ein Leben am Scheideweg

(eine Geschichte, die das Leben schrieb)

von **Manfred Walter**

In Erinnerung an einen guten alten Freund

BIPOLARE STÖRUNG

„Eine Krankheit - Zwei Gesichter"

Rabia Yüksei (aus „Mein zweites Ich - eine Krankheit, zwei Gesichter")

Vorwort

Die Welt in der wir leben scheint einem kaum mehr lebenswert. Die Reserven so endlich, sie werden ohne Rücksicht auf unsere Nachkommen ausgebeutet. Profitgier bestimmt leider verstärkt diese Zeit. Billig produzierte Waren überschwemmen immer wieder den sogenannten Markt. Das nachhaltig produzierende Handwerk wird immer häufiger durch billig produzierende Konkurrenz ausgehebelt. Dabei sind Nachhaltigkeit und sparsamer Umgang mit den Ressourcen doch das oberste Gebot um das Überleben der Menschheit zu sichern. Jedoch wird nichts Überzeugendes getan um die Welt vor dem sicheren Untergang zu bewahren, auf welchen sie ganz offensichtlich zusteuert. Denn Geld und Gier bestimmen diese Zeit.

Diese Fakten entsprechen aus meiner Sicht dem heutigen Weltbild und so erlaube ich mir, sie als Einstimmung auf mein jetziges Buch zu verwenden. In so einer Überflussgesellschaft, geprägt von Verschwendung und Vernichtung, sollten wir viel öfter in uns

gehen und über den Sinn des Lebens nach-
denken.

Auch der „reale Sozialismus" war davon ver-
seucht, nicht der „Sozialistische Wettbewerb" war seine Triebkraft, nein, auch hier
war stets die „Neu- Gier", mit Betonung auf
Gier, bestimmend, auch hier beeinflussten
sie das Alltagsgeschehen. Dem Streben
nach der persönlichen Bereicherung und der
Selbstgefälligkeit wurden die eigentlichen
Ideale des Sozialismus geopfert.

Schade, denn damit wurde eine riesige
Chance vertan, denn im Sozialismus war
das Privateigentum an Produktionsmitteln
weitgehend abgeschafft, an der Macht war
eine Arbeiter- und Bauern- Regierung, die
Produktionsmittel waren in Volkes Hand. Die
Verfassung der DDR sicherte das Recht auf
Arbeit, Arbeitslosigkeit war ein Fremdwort
und so gut wie nicht vorhanden. Die Lehr-
pläne in den Schulen waren einheitlich, das
Abitur, also der gymnasiale Abschluss, war
im Norden z.B. in Rostock der Gleiche wie
im Süden, z.B. in Dresden. Studiengebühren
gab es nicht. Für die Zulassung zum
Studium zählten die schulischen Leistungen,
weniger die Beziehungen oder der Geldbeu-

tel der Eltern. Wir hatten ein stabiles soziales System. Arzt- oder Gebühren für Medikamente in der Apotheke gab es nicht. In den Betrieben herrschte die Planwirtschaft, bei der die Produktion am Bedarf orientiert wurde. Leider gab es auch Versorgungsengpässe, die mit Hamsterkäufen einhergingen. Leider führte das wieder zu „Verkäufen unterm Ladentisch", denn nicht immer war für alle alles vorrätig und so waren „gute Beziehungen" im Handel vom Vorteil. Die Mieten waren stabil und bezahlbar, leider führte das bei den kommunalen Wohnungsbaugesellschaften zu einem Reparatur- und Rekonstruktionsrückstau, die Mieten waren einfach zu niedrig im Vergleich zu den anstehenden Kosten für Wohnungsbau und Verwaltung. Handwerker waren hingegen Mangelware und oft nur mit Schmiergeld zu kriegen und auch Autos gab es nicht für jedermann, es sei denn man begnügte sich mit langen Wartezeiten. Die Reisefreiheit war auf Grund der sich feindlich gegenüberstehenden Systeme eingeschränkt, was zur Unzufriedenheit bei der Bevölkerung führte.

Im Osten hatten wir eine Aufklärungsrate bei Kriminalfällen und Eigentumsdelikten von nahezu 80 %. Allerdings bedeutend weniger Kriminalität als in der heutigen Zeit, auch wurde bei der Polizei nicht gespart und das ABV- System (Abschnittsbevollmächtigter) hatte sich bewährt. Die Bevölkerung, zumindest im ländlichen Bereich und den Kleinstätten fühlten sich sicher, oft hatten sie sogar ihre Wohnungsschlüssel von draußen an der Wohnungstür stecken, auch wenn sie selber nicht zu Hause waren, denn es konnte ja sein, dass der Nachbar sich mal was borgen wollte, oder eine Lieferung für ihn entgegennahm. Man half sich untereinander. Es gab noch richtige Hausgemeinschaften, die aufeinander aufpassten und sich halfen.

Natürlich gab es auch einen Geheimdienst, die heute so verfluchte Stasi. Aber einen Geheimdienst hat doch jedes Land, bei den Amerikanern ist es die CIA und Homeland, den Israelis der Mossad, bei den Russen der KGB, Putin war übrigens früher KGB-Offizier in Dresden. Ja leider hatte die ehemalige Besatzungsmacht bis zur Wende fast überall die Hand im Spiel, nicht nur die ca. eine Million hier stationierten Sowjetsoldaten, nein, bei allen wichtigen politischen Entscheidungen musste sich die Regierung das o.k. von Moskau holen, der Botschafter saß meist mit im Zentralkomitee bei wichtigen Sitzungen und hatte ein Vetorecht.

Aber zurück zu den Geheimdiensten, im Deutschen Reich gab es für das Militär die Abwehr, für das Inland die Gestapo und in der Bundesrepublik haben wir, wie sie ja wissen, für den äußeren Schutz den BND, im Inland zuständig ist der Verfassungsschutz und auch der ist sehr aktiv, denn nicht umsonst spricht man vom „gläsernen Bürger". Nur gibt es heute sehr effiziente High Tech, Rechentechnik und Überwachungssysteme, so dass es vielen nicht mehr so auffällt.

Gut, in der DDR war auch die Stasi (Ministerium für Staatssicherheit) für das Inland zuständig, es gab auch IMs (inoffizielle Mitarbeiter), die den Nachbarn und den Freundes- und Kollegenkreis auskundschafteten. Manch einer tat es für Geld, andere aus Überzeugung das richtige zu tun, wieder andere aus übertriebenem Geltungsbedürfnis und manche wurden unter Druck gesetzt, für die Stasi zu spitzeln. Viele Funktionäre und Leiter in den Betrieben und Institutionen waren zur Meldung verpflichtet, aber wer nach den Regeln des Staates lebte, hatte auch nichts zu befürchten. Solch gute elektronische Überwachungssysteme, wie heutzutage verbreitet sind, machte erst die Mikroelektronik und die Digitalisierung möglich.

Beim Wettlauf der Systeme sollte allerdings Lenin Recht behalten, denn er schrieb schon zu Beginn des 20. Jahrhunderts, dass sich die Gesellschaftsform über lange Sicht durchsetzen wird, die die höhere Arbeitsproduktivität aufweist. Den Wettlauf hat der Sozialismus mit seiner Planwirtschaft gegenüber dem Kapitalismus mit seiner Marktwirtschaft verloren.

Immer Öfter bestimmte nicht das Allgemeinwohl, sondern Falschheit, Doppelzüngigkeit und Egoismus den Alltag. Wer anderes behauptet, ist und bleibt ein verblendeter Träumer. Oh, wie wurden auch damals in der DDR die Lehren von Marx, Engels und Lenin zurechtgebogen, schon Stalin war darin ein Meister. „Väterchen Stalin" wurde er von seinen verblendeten Gefolgsmännern gern genannt, doch seien wir mal ehrlich, zu den Opfern seiner Macht zählten mehr Tote als die von Hitlers Faschisten dahingemordeten Russen, Juden, Schwulen, Kommunisten und Andersdenkende.

Lass uns wachsam sein, dass solche Diktatoren nie mehr unser Leben bestimmen, lasst uns wachsam sein, denn dem braunen Mopp scheinen in Europa wieder Tür und Tor geöffnet zu sein.

Prolog

Der Winter hatte sich nun endgültig verabschiedet. Die Sonne kroch langsam hinter den Wolken hervor. Es war Samstagvormittag, alles noch wie im Halbschlaf.

Er stand auf dem Balkon des Studentenwohnheimes in der neunten Etage, ließ seinen Blick in die Ferne schweifen und grübelte. Was sollte er tun? Was ist richtig, was falsch? Soll es das schon gewesen sein? Er ist gerade mal achtundzwanzig, hat den Großteil seines Lebens noch vor sich, wenn da nicht die verfahrene Kiste wäre.

Immer hat er versucht sein Bestes zu geben, war im Verband engagiert, im Studium stürmte er immer vorne weg, war als

Beststudent ausgezeichnet und wollte doch jetzt als Assistent auch nur an seine bisher guten Leistungen anknüpfen.

Doch irgendwie ist er leer, wie ausgebrannt, selbst der Gedanke an Frau und Kind, die unten im Familienzimmer warteten, konnte ihn aus seinen trüben selbstzerstörerischen Gedanken nicht herausreißen. Wie sollte es weitergehen? Er hatte nur Fragen und keine Antworten.

Er hatte sich einen Tisch vor die Brüstung des Balkons gestellt. Wenn er jetzt springt, wie muss er seine Hände halten, so dass es dann wirklich zu Ende ist.

Er ist früher Fallschirm gesprungen. Antrainierte Reflexe für den Fall, auch den freien Fall, kann er die jetzt unterdrücken, um wirklich hart aufzuschlagen?

Ein Leben im Rollstuhl ist keine Lösung und Mitleid wollte er nicht.

Ja, so stand er nun schon seit fast drei Stunden, schaute immer wieder nach unten und war weiterhin voller Selbstzweifel, oder war da auch ein wenig Selbstmitleid dabei, wahrscheinlich.

Plötzlich sah er unten einen Sowjetsoldaten, der seinen Postengang unterbrochen hatte, zu ihm hochschaute und ihm zuwinkte...

Wie alles begann

Im Jahre 1954 gab es in der damaligen DDR noch keine Antibabypille, zumindest nicht auf Rezept und auch die Abtreibung eines ungewünschten Kindes war nicht legal, so war in den meisten Familien die Familienplanung mehr der fleischlichen Lust und dem Zufall geschuldet, als der akribischen Planung wie in der Neuzeit. Der Natur wurde noch freien Lauf gelassen. Und so war es geschehen, in einer kalten Herbstnacht, als sich seine späteren Eltern heißen Umarmungen hingaben, wurde er gezeugt. Und so erblickte er im Hochsommer des Jahres 1955 in der Klapperstorchklinik in Bad Lauchstädt im damaligen Bezirk Halle das Licht der Welt. Geboren wurde er als dritter Sohn eines Buchhalters und einer Landfrau. Sie lebten auf einem kleinen Bauernhof in dem beschaulichen Dorf St. Micheln. Dieses Dorf gehört zu Mücheln im Geiseltal, einer Stadt im damaligen Kreis Merseburg. In St. Micheln entspringt die Geisel, ein Fluss, der der ganzen Region, dem Geiseltal seinen Namen gab.

Es war Juli, als er die Welt erblickte. Seinen Namen, den damaligen Modenamen „Michael", bestimmten seine zwei Brüder, als ihr Vater sie danach fragte. Michael hieß ein schon älterer Junge im Dorf zu dem beide stets ehrfürchtig aufschauten. Ja Michael sollte nun auch ihr Brüderchen heißen, vielleicht würde er mal genauso stark, wie ihr Idol.

Wie er später leider erfahren musste, war er ein sogenannter „Verkehrsunfall" und damit ungewollt, zumindest für seine Erzeuger. Leider prägte dieses „ungewollt Sein" sein späteres Leben.

Die frühen Kinderjahre verbrachte er auf diesem Hof zusammen mit Hühnern, Gänsen, Ziegen und Schweinen, Oma, Opa, Papa, Mama und seinen zwei Brüdern, Werner und Heino.

Eine Wasserleitung gab es nicht, dafür hatten die Familie, wie auf dem Dorf zu der Zeit noch oft Standard war, mitten auf dem Hof einen Brunnen mit einer Pumpe. Die Toilette war ein Plumpsklo gleich neben dem Misthaufen.

Sein großer Wunsch als Kind war, wie er mir später erzählte, dass er immer auf einem Schwein reiten wollte, stieg dafür auf den Brunnenrand und wenn eins vorbeikam, versuchte er aufzusitzen. Michael war damals vielleicht vier und ein unerfahrenes Kind, aber immer von frohem Gemüt, zumindest damals noch.

Sein Großvater war Bergmann und im nahe gelegenen Braunkohle- Tagebau bis zu seiner Rente beschäftigt. Die Grube war damals einer der größten Arbeitgeber in der Region, auch ein Onkel von ihm arbeitete da. Seine Großmutter war Bäuerin und das aus Leidenschaft. Ihren kleinen Bauernhof hatte sie voll im Griff. Zum Leben reichten die Erträge aus eigener Wirtschaft allerdings nicht, so arbeitete sie, wie auch Michas Mutter bei der örtlichen LPG (Land-wirtschaftliche Produktions- Genossenschaft), Typ III. Hier wurde sowohl das Vieh, als auch der

Boden in die Genossenschaft eingebracht, Ausnahme bildeten die Tiere, die für den eigenen Bedarf gehalten wurden und so gab es bei ihnen jährlich auch mindestens ein Schlachtefest, welches auch immer, außer für das Schwein, ein gewissen Höhepunkt darstellte.

Seinen Vater sah er selten, meist nur am Wochenende, also Samstagnachmittag und Sonntag. Den arbeitsfreien Sonnabend gab es damals noch nicht, zumindest nicht im Angestelltenverhältnis. Da er in der Kreisstadt arbeitete und mit dem Zug täglich dorthin fuhr, verließ er sehr früh das Haus und kam erst spät zurück. Da lag der Junge schon im Bett. Seine Mutter war als Landfrau meist auf dem Feld. So lange sie ihn noch säugte, lag Klein- Michael bei schönem Wetter am Feldrand und wartete auf seine warme Mahlzeit Muttermilch. Das war damals so, heute sicherlich in Deutschland ein Unding. Aber geschadet hat es ihm nicht, glaube ich zumindest. So wurde seine Erziehung im frühen Kindesalter doch mehr seiner Großmutter, seinen Brüdern und dem Zufall überlassen. Wahrscheinlich ist Michael dadurch so geworden, wie er nun mal war. Ständig versuchte er sich und seiner

Umgebung, also speziell seinen Eltern zu beweisen, dass er doch etwas Besonderes ist und auch ihre Aufmerksamkeit verdiene. Aber das war gar nicht so einfach.

Heute wird auf jeden Pups geachtet, den der kleine Hosenscheißer von sich gibt, sind ja fast alles Wunschkinder, aber damals zählten schon frühzeitig spitze Ellenbogen.

Nur die Stärksten hatten das Sagen. Aber Michael war ein kleiner untersetzter blonder Hosenmatz und wurde von allen nur „Dicker" genannt. Ja richtig, in manchen Gegenden ist das so üblich seinen Freund oder Bekannten mit „Dicker" anzusprechen, aber in Sachsen- Anhalt traf das nur auf die wirklich Dicken zu. Das war schon eine Last, die auf seinen schmalen Schultern lastete. Heute ist ja leider die Fülle Standard, weil die Kinder sich zu wenig bewegen und die Eltern stolz auf ihre Wonneproppen sind. Aber damals waren die Dicken in der Minderheit. Doch was nicht tötet, härtet ab. Oft prügelte er sich, auch schon im Kindergarten. Wer ihm dumm kam, bekam was aufs Maul. Damit verschaffte Michael sich auch später in der Schule bei seinen Mitschülern Respekt.

Wenn sein Gegenüber stärker war, hatte er halt Pech, aber das geschah nicht all zu oft.

Das Wahrzeichen von St. Micheln ist eine alte romanische Kirche, die weithin sichtbar ist. Der Schutzpatron dieser Kirche ist laut Überlieferungen der Erzengel Michael. Erste Erwähnungen findet die Kirche im 12. Jahrhundert. Die Gründung war 1128 durch den Bischof Otto von Bamberg aus dem Stift St. Michael veranlasst worden. Wie schon erwähnt, schuf man sie im romanischen Baustil, nicht nur die Rundbogenpforte mit darüber angeordneten Rundbogenfenstern weißen darauf hin. Im Kirchturm hängt auch heute noch eine Glocke von 1481. Ein Eckstein an der Südwestecke zeigt einen Schriftzug, sowie die Darstellung eines Pferdes und der Ostgiebel des Chores trägt ein vierspeichiges Radkreuz. Beides wird heute mit einer vorgeschichtlichen Kultstätte in Verbindung gebracht.

Im kleine Dorf St. Micheln entspringt, wie oben schon geschrieben, die Geisel. Die nahe liegende Stadt Mücheln wurde damals durch den Braunkohle- Tagebau und eine Zuckerfabrik geprägt. Heute befindet sich der rekultivierte Geiseltalsee an der Stelle des ehemaligen großen Loches, dem ganze Dörfer und auch Teile von Mücheln zum Opfer fielen. Aber der Braunkohleabbau hatte für die DDR eine sehr wichtige wirtschaftliche Bedeutung, denn schließlich wurde die Grundlast für die Elektroenergie- Gewinnung durch Braunkohle- Kraftwerke erzeugt und in Mücheln hatte man eine Flöz- Höhe von bis zu einhundert Metern, nicht wie in der Lausitz, wo man sich mit 10 m Flöz-Höhe zufriedengeben musste.

Heute lockt der Geiseltalsee, welcher Deutschlands größter künstlich geschaffener See ist, die Touristen in die Gegend.

Leider hatte Michael, als ich mit ihm sprach, wie er sagte, an seine frühen Kinderjahre nicht nur schöne Erinnerungen. Denn wo manch hohes Licht strahlt, gibt es meist auch einen tiefen Schatten.

Wie er mir erzählte, lebte die Familie auf ihrem Bauernhof doch sehr beengt. Das nach außen wirkend große Wohnhaus hatte nur drei Zimmer, ein Schlafzimmer für die Großeltern, wo auf einem Sofa auch der Erstgeborene, sein großer Bruder Werner, nächtigte, ein Schlafzimmer für die Eltern, zwischen ihnen schlief der Zweitgeborene, Heino, und der „Dicke" hatte bis zu seinem siebten Geburtstag nur ein Kinderbett, was in der Ecke des elterlichen Schlafzimmers stand. Zwischen den beiden Schlafzimmern befanden sich die Wurstkammer, zur Aufbewahrung der eigens produzierten Würste und Schinken, was so beim Schlachten eines Schweines erzeugt wurde und eine Kammer für Kleider, welche aber keine Ähnlichkeit mit den heutigen Kleiderzimmern hat, die man in manch vornehmen Häusern findet. Auf dem Flur stand ein Kleiderschrank und nach dem Schlachtfest eine Pökelwanne. Von dort ging es über eine knarksende Treppe auf den Dachboden, wo in den Augen der Kinder so manche Schätze lagerten. Im Erdgeschoss war die „gute Stube", die nur zu Feiertagen oder mal am Sonntag genutzt wurde, über den Flur die Küche, in der sich fast immer das Leben abspielte, in der auch das Waschbecken war, ein Bad hatten sie nicht. Am Wochenende stellten sie eine Zinkwanne zum Baden auf, das Wasser wurde auf der alten Kochmaschine erhitzt. Zwischen Küche und Wohnstube gelangte man über den meist kalten Hausflur in die so genannte „kleine Küche", in der auch die Wassereimer und ein alter Tisch mit Abwaschbecken stand und auch Vorräte gelagert worden. In der Ecke war ein beheizbarer Kessel gemauert. Unter der Treppe zur ersten Etage befand sich ein Verschlag, wo unter anderen sich Schuhe stapelten und sich die Kinder beim Versteckspiel gern mal abduckten.

Das Haus war aus Lehm gebaut und die Wandstärke betrug über 50 cm, so hatten sie es auch im Sommer meist kühl, aber auch feucht, denn Horizontal- und Vertikalsperren im Mauerwerk gab es damals noch nicht.

Am Haus angebaut war aus Ziegelsteinen ein Stallgebäude, wo neben der Küche der Ziegenstall sich angrenzte. Später als man sich von den Ziegen getrennt hatte, baute der Großvater diesen Stall um in das Waschhaus, wo auch der Kessel für das Kochen der Wurst beim Schlachtfest einen neuen Platz fand. Da drin kochte die Großmutter auch alljährlich ein leckeres Pflaumenmus nach alter Rezeptur. In der Zeit vor und während des Umbaus gab es natürlich des Öfteren Ziegenbraten auf den Mittagstisch, da aber sein Vater und auch dessen

Schwester keine Ziege essen wollten, hieß der Braten dann halt, in Absprache zwischen Bäuerin und Schwiegertochter, Karnickel-Braten. Auch wurde Fleisch zur Vorratshaltung ein-gekocht. Durch diesen Ausbau hatten sie auch die Plage mit den lästigen Schwaben, die sich durch die Gülle der Ziegen, davor hatte die Familie auch ein Ochsen- Gespann als Zugtiere beim Pflügen der Felder, zum Ärger aller in der Küche wohl fühlten, weitgehend im Griff. Im daneben liegenden Stall, standen die Demmse zum Kochen der Kartoffeln für die Schweine und auch der Verschlag für die Gänse, welche dann an jeden Morgen in den so genannten Gänse- Garten gelassen wurden. Über den Stallungen befand sich der große Stall, in dem ein Hühnerverschlag untergebracht war und auch alte landwirtschaftliche Geräte Platz fanden, wie eine Klapper, die zur Trennung von Korn und Spreu genutzt werden konnte, auch ein paar Eggen, Sensen und auch noch Dreschflegel. Einen direkten Zugang hatte dieser Stall durch den Garten, denn das Haus war am und im Berg, von Lehm umgeben.

Das Haus ist nicht unterkellert, aber einen Keller hatten sie trotzdem, er war eine Art

Gewölbe in das man über eine steile Treppe vom Hof aus gelangte. Hier wurden vorrangig Kartoffeln und Rüben gelagert, die über ein Schüttloch nach der Ernte vom Garten aus rein geschüttet worden.

Neben dem Hauptgebäude gab es auch eine große Scheune. Unten rechts war der Schweinestall, wo bis zu drei Schweine bequem untergebracht waren, so auf ca. 15 qm, nicht wie heute leider zu oft auf engsten Raum eingepfercht. Mehrmals die Woche wurde gemistet und so hatte Klein- Michael die Chance für den Ritt auf dem Schwein, was ihm allerdings nie so richtig gelang. Der Großteil der Scheune gehörte aber der Getreideverarbeitung. Über zwei Etagen stand hier eine große Dreschmaschine, mit Einschub, Rüttel, Kornauffang und Strohpresse. Natürlich war auch viel Platz für Stroh, auch ein Teil der Hühner nächtigte in der Scheune und verteilt über die verschiedenen Etagen waren Nester, zum Legen der Eier. Auch war eine Zeit lang ein Karnickelstall in der Scheune untergebracht. Da diese possierlichen Tierchen aber regelmäßig sich durch die Rückwand nagten und dann irgendwo in der Scheune sich abduckten, war das keine

Dauerlösung und die Kaninchen verschwanden wieder von der Speisekarte.

Anfang der Fünfziger ging sein Vater, Hans-Dieter, nach Aue zur Wismut. Dort im Uran-Bergbau verdiente er gutes Geld und das konnte die kleine Familie gut gebrauchen. Da hatte er mehr als das Dreifache als vorher als Buchhalter. Aber die harte Arbeit im Bergwerk hatte auch seine Schattenseiten, Arbeitsschutz war ein Fremdwort und so war die Unfallgefahr sehr hoch. Auch lauerte in jeder Ecke, aufgrund der ungesunden, feuchten und verstrahlten Luft eine Krankheit. Er hatte nach zweijähriger Arbeit Typhus und die Ärzte hatten ihn schon abgeschrieben. Welch ein Dilemma, er war tot sterbenskrank und zu Hause saß die junge Frau mit zu der Zeit zwei kleinen Kindern, das Dritte war schon in Erwartung, nein, das durfte nicht sein. Aber er war stark, hatte einen eisernen Überlebenswillen und besiegte, wenn auch stark geschwächt, die schwere Krankheit. Was allerdings zurückblieb, war eine starke Schädigung der Bauchspeicheldrüse und ein riesengroßes Magen- Geschwür, welches dann Jahre darauf zur operativen Entfernung dieses führte und er, bei dem damaligen Stand der Medizin, ein Drittel seines Magens einbüßte und der Griff zur Flasche wurde immer Häufiger.

Aber zurück zu den weniger schönen Erlebnissen von Klein- Michael.

Einmal zeigte er seinen Vater den Vogel, Schläge gab es dafür nicht, aber sein Vater strafte ihn tagelang mit Nichtbeachtung, bis der Kleine sich dann nach Tagen bei ihm dafür entschuldigen musste, damit sein Vater wieder ein Wort mit ihm sprach.

Nein, leicht war es für ihn mit seinem Vater nicht, nicht nur, dass sie bedingt durch die wenige gemeinsame Zeit kaum Kontakt hatten, waren die gemeinsamen Erlebnisse am Wochenende meist mit der Wanderung zum Waldhaus, was eine ca. 2 km entfernte Ausflugsgaststätte war, die eine Kneipe und einen großen Tanzsaal neben der Wohnung für die Gastwirt- Familie beherbergte, auch ein beliebtes Ausflugsziel. Für die Kinder gab es dort eine große Rutsche und einen kleinen Spielplatz, so dass die Väter in aller Ruhe ihr Bier schlürfen konnten, ohne dass die Zwerge dauernd nervten, die bekamen dann mal 'ne Fassbrause und wenn der

Ausflug länger dauerte auch mal eine Bockwurst.

Im Waldhaus war auch einmal im Jahr großer Kinderfasching. Mutter war sehr kreativ und schneiderte alljährlich wirklich schicke Kostüme, so waren ihre Söhne mal Fliegenpils, Inder oder auch mal Seeräuber, was wirklich schöne Erinnerungen hinterließ. Aber der Alltag war nicht so farbenfroh.

Für den Vater waren die Dorfkneipe und das Waldhaus doch immer öfter zur zweiten Heimat geworden.

Damals feierten die Menschen noch wesentlich öfter miteinander, Alkohol und vor allem Bier war in der DDR immer vorrätig und vor allem billig. Die Kneipen waren echte Begegnungsstätten, Fernseher gab es wenig und wenn, dann nur mit zwei Sendern. Um Westfernsehen zu empfangen musste man sich in St. Micheln schon etwas einfallen lassen. Das Dorf ist umgeben von Bergen, na eigentlich mehr Hügeln, aber der Kohlberg war mit seinen ca. 180 m üN die höchste Erhebung im Kreis Merseburg und dem zu Folge brauchten die meisten eine sehr hohe Antenne um überhaupt einen brauchbaren

Empfang des Ost- und Westfernsehens abzusichern.

Auch war die Gleichbehandlung der drei
Söhne so ein Problem für sich. Lieblings-
sohn war eindeutig Heino, er war der Sport-
lichste, ähnelte auch mehr der Verwandtschaft mütterlicherseits und vor allem dem
kleinen Bruder der Mutter und da, sie zu
ihrem Bedauern bedingt durch die Folgen
des Krieges weit von ihrer Familie getrennt
war, diente Heino auch quasi als Trost für
die oft aufkommende Sehnsucht nach ihrer
Familie, der herzensguten Mutter, ihrem immer starken Vater und vor allem auch ihren
Geschwistern. Ihr Vater nahm sie nach dem
Krieg mit nach Sachsen- Anhalt. Sie waren
Vertriebene aus Schlesien und nach langer
Flucht in Mecklenburg gelandet, wo aber ihr
Vater als früherer Forstarbeiter und dann
Gleisbauer wenig Arbeit fand. Die Familie
hatte acht Kinder und noch dazu vier Pflege-
kinder, von seiner verstorbenen Schwester,
welche alle ernährt werden mussten. So war
das Familienoberhaupt ständig bemüht Lö-
sungen zu finden. Für seine Tochter fand er
eine Anstellung bei dem Gastwirt in St. Micheln, wo sie es als ein so genannter „Flüch-
ter" sehr schwer hatte, aber sie hatte we-

nigstens was zu essen. Sie war ja nun doch mittellos und die Dörfler verhielten sich den Vertriebenen gegenüber sehr egoistisch, sie nutzten knallhart ihre Stellung als Besitzende von Grund und Boden schamlos aus, verlangten für Lebensmittel Wucherpreise. Geld war knapp und aus Mangel an Waren beherrschte der Schwarzmarkt mit Tausch „Ware gegen Ware" den Alltag. Nicht selten nahmen die Bauern den Bedürftigen ihre letzten Wertsachen, oder Bettzeug und Textilien, nahmen nicht halt vorm „letzten Hemd".

Das war nicht nur im Geiseltal so, nein, im ganzen Land und die ehemalige sowjetischen Besatzungszone traf es doppelt. Der Ostdeutsche zahlte bis hin zur Wende Reparationsleistungen an die Sowjetunion und das bis nachweislich Anfang 1990. Der Westteil hatte den Marshall- Plan, der auf den Aufbau der Republik orientiert war und nicht auf die Demontage wie Anfangs im Osten.

Der Neu- Anfang nach dem Zweiten Weltkrieg war hier doppelt so schwer. Es gab Enteignungen, nach sowjetischem Vorbild. So wollte die Regierung durch die Bodenreform auch den mittellosen Bauern Land geben, um sich eine neue Existenz aufzubauen. Aber dafür zahlten die Bauern mit großen Abgaben, so dass ihnen oft nur das Nötigste von ihrem Ertrag selber blieb. Schwarz- Schlachten war an der Tagesordnung und die Fahnder im Auftrag der Regierenden, die bis zum Ende der Ostzone und späteren DDR unter der Vormundschaft des großen Bruders stand. Entscheidungen traf man in Moskau und nicht in Ostberlin.

Aber zurück zur Geschichte von Michael, seine Kindheit fiel nun mal in die Nachkriegszeit, auch wenn im Westen langsam das Wirtschaftswunder unter Kanzler Erhard griff, war im Osten nach wie vor Mangelwirtschaft. Der neugegründete Arbeiter- und Bauern- Staat versuchte es zwar mit vielen Losungen, Agitation und Propaganda die Vorzüge seines Systems nach außen zu tragen, aber im Land fehlte es oft am Nötigsten und nicht selten wurden die wenigen guten Sachen in den Westen verscherbelt.

Die Flucht nach dem Westen über die offene Grenze nahm immer größere Ausmaße an und zog damit harte Verluste für die junge Volkswirtschaft nach sich. Der durch die

Rote Armee niedergeschlagene Volksaufstand vom 17. Juni 1953 war zwar zur Geburt von Michael schon Geschichte, aber die Folgen zogen noch immer ihre Kreise. Die damaligen Staatsdiener hatten versagt, dem Unwillen der Arbeiter, die unter immer höheren Soll-Normen stöhnten, unterschätzt, was zur Gründung des Ministeriums für Staatssicherheit führte. Die Abteilung 1, die Abteilung für Aufklärung, leistete hervorragende Arbeit, aber die Bespitzelung der eigenen Bevölkerung nahm immer größere Ausmaße an.

Im Dorf spürte man damals wenig davon, nein, hier war man stolz auf die Freiwillige Feuerwehr und Michaels Vater, der damals im Dorf Feuerwehrhauptmann wurde, war stolz darauf, dass früher vorrangig „braune" Dorf hinter der „Roten Fahne" der Feuerwehr zu gruppieren und zu allen wichtigen Anlässen marschieren zu lassen.

Ja bei der Feuerwehr war richtig was los, war kein Brandeinsatz wurde ihr Brand in der Dorfkneipe an der Geiselquelle gelöscht. Die Bevölkerung hatte wieder Lust zu feiern. Pfingsten feierten sie mit ihren Pfingstburschen und der jungen Birke traditionell vor jedem Hoftor. Auch der Bergmannstag und die Feuerwehr- Feste wurden ausgiebig und feucht fröhlich gefeiert.

Stiefel- Trinken war angesagt und bei wem es gluckerte, der musste den nächsten Stiefel- Bier bezahlen. Die Verdienste, auch bei den Staatsdienern und Buchhaltern waren zwar nicht gerade üppig, aber für das Feierabend- Bier war Geld da, das fehlte dann allerdings in der Haushaltskasse. Nur gut, dass die Familie Feld bewirtschaftete und auch eigenes Vieh im Stall hatte, so war wenigstens meist satt zu Essen da. Auch wenn es damals viel öfter Suppe und Eingebrocktes gab, Bonbons wurden selber gemacht, bzw. das was als solches bezeichnet wurde, Butter gab es noch auf Zuteilung und die Milch lose in der Kanne. Es gab aber auch noch einen Dorf- Konsum, wo man die Waren des täglichen Bedarfs noch vor Ort erwerben konnte.

Früh brachte Mutter den Vater noch oft auf dem Weg zur Arbeit zum Bahnhof, aber nicht aus Liebe, nein, sie zogen hinter sich einen Handwagen, den die Mutter dann anschließend gefüllt mit Kohlen von Mücheln zurück nach St. Micheln zog. Das waren so ca. vier Kilometer und für die junge Frau eine harte Herausforderung. Andere Male ging es mit Getreide beladen in die Stadt zur Mühle und anschließend mit Schrot oder Mehl zurück. Brot wurde selbst gebacken und die Tiere mit Schrot gefüttert. Das Leben auf dem Hof war eine körperlich anspruchsvolle Schwerstarbeit mit dem zu meist Mutter und Großmutter betraut waren, denn Großvater ging auf Schacht und der Vater fuhr zur Arbeit in die Kreisstadt. Für die Kinder blieb nicht viel Zeit, sie beschäftigten sich miteinander, waren viel an der frischen Luft, durchstreiften den Wald, krochen in naheliegende Kalkstein- Höhlen oder krackselten durch die umliegenden Berge, spielten mit Vorliebe „Räuber und Gendarm", Indianer oder fochten mit ihren selbstgebauten Säbeln. Klein- Michael wollte natürlich, wenn die „Großen" spielten, mit dabei sein und war des Öfteren um Anerkennung zu finden, sehr leichtsinnig und übermütig. Ob Sommer oder Winter, bei Sonnenschein, Regen oder Schnee, das Spielen und herumtoben fand meist draußen statt. Aus der Sicht hatte er eine schöne Kindheit.

Hinter dem Haus war ein Hohlweg den Berg hinunter und im Winter eine begehrte Rodelbahn. Ob mit den großen Schlitten, oder auch den Schiern stürzte er sich waghalsig, dem Beispiel der Großen folgend, hinunter. Einmal sogar auf dem für ihn viel zu großem Schlitten allein. Die Fahrt endete an der Hauswand des gegenüberliegenden Grundstücks. Er hatte die Kurve, die er hätte nehmen müssen, unterschätzt. Kein Wunder, er war gerade mal fünf Jahre und mit der Steuerung des Schlittens total überfordert. Blutend ging er zu seiner Großmutter, die ihm die Nase putzte. Kaum war die Wunde versorgt, war er stolz wie Bolle, denn das hatten die andern „Kleinen" nicht aufzuweisen.

Als Kindergartenkind ging er dann schon regelmäßig allein nachhause, das waren immerhin jedes Mal über ein Kilometer von einem Ende des Dorfes bis fast zum anderen, sie wohnten ja in der Nähe der Geiselquelle.

Wenn sie mal richtig frisches Wasser wollten, pumpten sie nicht am eigenen Brunnen, sondern holten es direkt in Eimern von der Quelle, das hatte ein wenig über 4°C und sorgte für noch mehr Erfrischung. Das Wasser, geschöpft direkt an der Quelle, konnte man damals noch bedenkenlos trinken, zumindest tat man das, der Nitrat- Anteil war damals noch gering, es hat keinen geschadet.

Was Tradition und fest im Kalender verankert war, waren die Geburtstage der Großeltern. Da war die „gute Stube" voll mit befreundeten Ehepaaren, denn die Alten feierten immer gemeinsam. Was am Anfang dem Heino und Klein- Michael noch mit Stolz erfüllte, war ihr Auftritt, der alljährlich zum Pflichtprogramm für die Beiden wurde, sie sangen für die versammelte Mannschaft Volks- und Kinder-Lieder, sie hatten „Goldkehlchen" und ernteten jedes Mal viel Beifall. Später wurde dieser Auftritt für die Beiden aber zur peinlichen Qual, die Alten schütteten sich mit allen möglichen Likören und Schnapssorten die Rübe zu und die Kindlein durften sie bespaßen. Spaß hatten vorrangig die Erwachsenen, die Kinder saßen bei ihrer Brause.

Der Zusammenhalt zwischen den Nachbarn auf dem Dorf war damals ein ganz anderer als heute, wo jeder nur noch seine eigene Suppe kocht, nein, damals halfen sie sich bei der Ernte, oder beim Feder- Schließen, wo die Dorfweiber gemeinsam bei den Federn der geschlachteten Gänse die Kiele von weichen Daunen trennten, dabei gab es selbst gebackenen Streusel- oder Hirschern-Kuchen und dazu reichlich Kaffee, meist den Guten aus dem Westen. Oder auch nach dem Schlachtfest, da wurden die guten Bekannten mit Wurstsuppe, oder auch mal mit frischem Hackepeter versorgt. Das ging reihum, so hatten alle öfter im Jahr mal eine willkommene Abwechslung. Das war ein schöner Brauch und förderte den Zusammenhalt.

Aber es gab auch weniger erfreuliche Begegnungen, so kam einmal der Chef des Vaters, Vorsitzender der Ableilung für Finanzen im Kreis mit zu ihnen nachhause und natürlich gipfelte der Abend in einem Besäufnis, der Katze wurde zum Spaß eine Sturmklammer an den Schwanz geklemmt und nicht der Tierquälerei genug, sich köstlich über die aufgescheucht vor Schmerz jaulend in der Küche hin und her rennenden Katze, bis sie sich endlich selbst von der Klammer befreit hatte, laut lachend amüsiert. Nein, das war für die Kinder kein schöner Anblick. Aber vorwitzig wie Klein- Michael nun mal war, wollte er auch mal an der ihm gereichten Zigarre ziehen und er tat es in seiner kindlichen Unbedarftheit voll auf Lunge. Anschließend war ihm aber richtig schlecht, sein Vater und dessen Chef lachten sich darüber einen Ast. Das war halt eine andere Form der Erziehung.

Was auch später oft erzählt wurde war die Geschichte vom „Schweineschlachten". Da passierte Folgendes: Der Große, also Werner, wurde mit einem Strick von seinem Vater ans Tischbein in der Küche gebunden, um mit seinen beiden Söhnen Schweineschlachten zu spielen. Die Situation lief allerdings aus dem Ruder, denn Heino, Vaters Liebling nahm einen Feuerhaken und schlug seinem Bruder damit vor den Kopf und hatte nur den Kommentar „jetzt ist das Schwein endlich tot", makaber, aber er war ein Kind, die Schuld lag bei dem anfangs noch darüber lachenden Vater. Es wurde natürlich dann sofort die Wunde versorgt, aber es hinterließ bis heute beim Großen ein bleibendes Erlebnis, nicht nur sein Kopf war geschändet, es schmerzt bis heute in seiner Seele, darüber lachen kann er heute immer noch nicht. Es ist eine erzieherische Meisterleistung seines Vaters, die nicht zu verzeihen ist.

Meist fuhren sie im Sommer im überfüllten Zug nach Mecklenburg zu den Großeltern mütterlicherseits.

Da ging es nach Neu Kalis an die Elde. Übernachtet wurde dort auf dem Heuboden. Das war Abenteuer pur. Spielen konnte man im nahegelegenen Wald. Dort gab es Sandgruben, wo man super weit springen konnte. Auch traf sich dort die andere Verwandtschaft, und nicht selten waren auch welche aus dem Westen da, da gab es super schmeckende Schokolade. Irgendwie spürten da auch die Kinder, dass es einen Unterschied zwischen Ost und West gab.

Einmal ging es im Sommer auch an die Ostsee. Muttern arbeitete da in Selin im Ferienlager in der Küche und der Rest der Familie zeltete in Lagernähe am Strand. Klein- Michael hatte in dieser Zeit auch Geburtstag und er ging mit seinem Vater und den Brüdern in einen Spielzeugladen. Mit strahlenden Kinderaugen durfte er sich ein Segelschiff aussuchen, was er dann stolz nachmittags seiner Mutter zeigte. Einen kleinen Wermutstropfen hatte das Ganze aber, was sich in sein kindliches Gehirn einbrannte, nicht nur er, nein, auch seine Brüder bekamen ein Segelboot und das Schönste bekam Papas Liebling, der Zweitgeborene, aber warum das, Klein- Michael konnte das nicht so richtig verstehen, immerhin hatte ja er Geburtstag.

Einmal fuhren sie auch auf der Ladefläche des LKWs vom Jugendfreund des Vaters mit nach Mecklenburg. Der Freund war Fernkraftfahrer und wohnte zu dieser Zeit in Mecklenburg, hatte dort eine Familie gegründet. Er war der Sohn des Kneipers, wo Michas Mutter nach dem Krieg in Stellung war. Die Tour hat das Kind nicht vergessen, es war doch mal was Besonderes so gemeinsam mit seinen Brüdern und dem Vater auf der Ladefläche, sie hatten mehrere Stunden gemeinsame Zeit und Vater erzählte Geschichten aus seiner Jugend.

Im Dorf war Micha mit seinen blonden Locken bei den Bauern beliebt. Oft durfte er auf dem Pferdewagen auf dem Kutschbock mitfahren, auch wenn er auf den Hof eines befreundeten Bauernehepaares kam, wurde er schon spaßeshalber als zukünftiger Schwiegersohn begrüßt, denn mit der Bauersttochter hatte sich eine kindliche Liebelei entwickelt, sie gingen gemeinsam in den Kindergarten.

Alle Jahre wieder zur Weihnachtszeit durften die Kinder im Kindergarten ihren zahlreich erschienen Eltern ein Märchenstück vorführen. Geschmückt mit von den Eltern gefertigten Kostümen gehörte das mit zu den Höhepunkten des kulturellen Schaffens ihrer Kinderwelt. Klein- Michael hatte aufgrund seines Goldkehlchens meist einen größeren Gesangs- Part, wogegen er sich später trotzig wehrte und bei dem Stück „Dornröschen" auf eine Nebenrolle, am liebsten die eines schlafenden Wächters bestand. Am Ende musste er dann doch die Rolle des Sängers übernehmen, was ihm sichtlich unangenehm war. Aber was kann er als Kind schon gegen den Willen der Erwachsenen ausrichten.

Zum Heiligabend ging es vor der Bescherung noch jedes Jahr in die Kirche zur Andacht.

Auch wurden damals noch alle Kinder getauft und somit frühzeitig ins Kirchen- Register eingetragen, welches gleichzeitig mit dem Eintritt in die Selbe verbunden war.

Dann war es endlich so weit, mit Sieben wurde er eingeschult und bekam eine große Zuckertüte, die er kaum tragen konnte. Aber er war stolz, endlich war er mal Mittelpunkt. Als stolzes Schulkind wurde er in die damalige Talschule eingeschult. Hier war es noch üblich, dass ein Lehrer gleichzeitig drei Klassen in einem Raum unterrichtete. Aber das störte nicht weiter, die Kinderanzahl pro Klasse war überschaubar und Klein- Michael gehörte zu den Besten.

Im zeitigen Frühjahr zur Schneeschmelze, es war für die Jahreszeit auch ungewöhnlich warm, kam es zu einer so heftigen Schneeschmelze gepaart mit lang anhaltenden Regenfällen, so dass es auf der Dorfstraße zu tagelangem Hochwasser führte. St. Micheln liegt, wie schon beschrieben, im Tal. Einen kleinen Vorteil hatte das auch für die Erstklässler des Dorfes, denn die Schule fand die Tage in der Dorfgaststätte an der Geiselquelle statt und der Schulweg war ein Katzensprung.

Aber der drauf folgende Sommer ließ nicht lange auf sich warten. An heißen Sommertagen lieferten sich die Dorfkinder oft auf der Geiselquelle in Zinkwannen, die als Boote umfunktioniert wurden, regelrechte „Seeschlachten", das war für die Kinder ein richtiger Gaudi und wenn die „gegnerische" Badewanne versenkt wurde, jubelten man über den errungenen Sieg. Meist fielen aber beide Parteien dabei ins Wasser, doch das störte die Kinder nicht, sie hatten ihren Spaß, sie waren Kinder.

Oft trieb es die Dorfjungen in den nahegelegenen Wald, dort gab es auch eine Menge Kalksteinhöhlen. In dem Gebiet wurde der Kalkstein vor den Kriegsjahren regelrecht abgebaut und so hatten die Dörfler auch den Beinamen „Steenpicken". Für die Knaben waren die Höhlen natürlich der reine Abenteuerspielplatz. Drin verlaufen hatten sie sich nie, dafür sorgten sie mit Bindfäden und Ruß- Zeichen an den Wänden.

Auch haben sie immer wieder viel gefochten, als Säbel nutzten sie alles vom einfachen Stock bis hin zum selbstgefertigten Holzschwert, Kinder sind da erfinderisch.

„Räuber und Gendarm" war auch sehr beliebt, Werner versorgte dazu das halbe Dorf mit selbstgebauten Holzwaffen, er war Meister im Waffenhandwerk, vielleicht war das auch ein erster Schritt in seine spätere Berufswahl. Der kleine Dicke war immer froh, wenn er mit den Großen mitspielen durfte. Ja, damals spielte die Kindheit sich vorrangig im Freien ab, Computer, wie heute gab es nicht und sie waren keine Stubenhocker.

Da war noch eine erwähnenswerte Aktion, denn an einem Sonntag im späten Frühjahr reinigten der Vater mit seinen drei Söhnen einen Weg zum oft besuchten Waldhaus, befreiten ihn von Unkraut, beschnitten Büsche, so dass dieser wieder gut begehbar war. Eigentlich eine lobenswerte Aktion, wenn da nicht ein herber Beigeschmack gewesen wäre, wie Werner Michael später erzählte, denn sein Vater hatte mal wieder großspurig im Suff eine Wette verloren und da er das Fass Bier nicht bezahlen konnte, einigten sich die Wettbeteiligten auf diese Pflegearbeit an dem besagten Sonntag. War ja weiter nicht so schlimm, aber schmerzen tat doch die Schmach des Frondienstes und die Schadenfreude der Saufkumpane.

In St. Micheln wohnten die Familie, wie oben beschrieben, doch sehr beengt, das Leben spielte sich zu meist in der Küche ab. Aber zu Weihnachten baute ihr Vater die elektrische Eisenbahn auf, wo jedes Mal eine Erweiterung der Anlage dazu kam. Das war ein schönes Spielzeug, aber vor allen doch auch für den Vater.

1963 zogen sie in die Kreisstadt und Micha kam in eine neue Schule. Sein Vater hatte jetzt einen kürzeren Arbeitsweg, die Mutter ging an die gleiche Schule als ungelernte Erzieherin. Doch das war für sie keine Dauerlösung.

Bald entschied sie sich für ein Fernstudium, denn Lehrer zu werden, war schon als Kind ihr Traum.

Was wollen wir von der Stadt wissen?

Wenn man mit dem Zug durch Merseburg fährt, der Stadt unterm ewig grau verschleierten Himmel der Chemiewerke, im Norden BUNA, im Süden LEUNA, huschen die Türme vom Schloss, der Kirche St. Maximi und der Sixti- Ruine mit dem Wasserturm hinter dem sonnendurchglitzerten Gesprüh der Fontäne im Gotthardteich am Zugreisenden vorbei. Diesen Eindruck nehmen sie mit auf ihre Reise.

Merseburg hatte schon eine über 1000 Jahre während Geschichte hinter sich. Einst in der Zeit von Heinrich I. entstand hier an der Saale eine Burg, erbaut zum Schutz und als Brückenkopf gegen die Slawen, welche auf der anderen Seite des Flusses siedelten.

Auch entstanden, so die Überlieferung, die in althochdeutsch verfassten Merseburger Zaubersprüche, die zum ältesten überlieferten deutschen Schriftgut zählen. Sie stammen aus dem 10. Jahrhundert und wurden vor reichlich 150 Jahren in der Merseburger Dombibliothek zufällig aufgefunden: „Bein zu Beine, Blut zu Blute, Glied zu Gliedern, als ob sie geleimet sein ..." so lautet einer, der den Umgang mit einem gebrochenen Bein beschrieb.

Ja, vor vielen Jahrtausenden sind Menschen durch dieses Land gezogen, Steinzeitjäger durchstreiften es, in den Wäldern suchten sie Nahrung, Beeren, Wurzeln, wilde Früchte, fingen in den Flüssen Fische. Auf dem durch Sümpfe bedingt durch die Flussläufe der Saale, Geisel und Klia durchzogenes Land, siedelten sie schon in den frühen Jahren der Menschheitsgeschichte. Auf deren geschützten Burghügel haben sie ihre Siedlungen errichtet und heiße Kämpfe um diese naturgegebene Volksburg ausgetragen. Menschen der Steinzeit und Bronzezeit haben darauf ihre Spuren hinterlassen, die Gräber ihrer Toten zeugen davon.

Im 10. Jahrhundert vereinnahmte der aus liudolfingisch- sächsischem Haus stammende Herzog Heinrich, weite Teile der Grafschaft Merseburg durch die Heirat mit Hatheburg, der Tochter des Merseburger Grafen Erwin. „Wegen ihrer Schönheit und Brauchbarkeit des Erbes", so formuliert vom Bischof Thietmar, nahm Heinrich dies in seinen Besitz. Mit der Übernahme der reichen Güter im Saalebogen erweiterte sich der Machtbereich der Liudolfinger weit nach Osten aus. Die Saale wurde zur vorläufigen politischen und ethnischen Grenze zu den jenseits des Flusses siedelnden slawischen Volksstämmen.

Herzog Heinrich vereinigte die deutschstämmigen Kleinstaaten und wurde später als König Heinrich I. gekrönt.

Unter dem Machteinfluss von Heinrich I. entwickelte sich Merseburg zu einem bedeutenden Machtzentrum an der Ostgrenze des entstehenden deutschen Reiches.

Er ließ im südlichen Bereich des Burghügels eine Pfalz errichten, die neben der prunkvollen Hofhaltung besonders durch ihre Leistungsfähigkeit im ganzen Reich berühmt wurde.

Merseburg gewann immer mehr an Machteinfluss.

Hier fanden auch die Auseinandersetzungen im Zusammenhang mit dem Investiturstreit einen Höhepunkt, als der im Westen des Reiches gekrönter Gegenkönig Rudolf von Rheinfelden, Herzog zu Schwaben und Oberhaupt der Fürstenopposition gegen Heinrich IV., am 15. Oktober 1080 nach der Schlacht von Hohenmölsen in Merseburg seinen Verletzungen erlag. Seine Grabplatte, ein Meisterwerk frühromanischer Bronzegießkunst, kann man heute noch im Merseburger Dom besichtigen. Es ist das älteste skulpturale Grabmal in Deutschland.

Heinrich I. wird als Gründer der Stadt Merseburg angesehen, obwohl Ortsname und Burgenliste bereits um 850/890 die Ansiedlung als „Mersiburc civitas", in der Liste des

Hersfelder Zehntverzeichnisses zu finden war.

Sein Sohn Otto, der Große, der erste deutsche Kaiser, gelobte im Jahr 955 vor der Schlacht auf dem Lechfelde gegen die Ungarn, im Falle eines Sieges zu Ehren des Heiligen Laurentius in Merseburg ein Bistum zu errichten. Dem Versprechen folgend wurde Merseburg im Jahre 968 zum Bistum erhoben. Hier entwickelte sich rasch unterhalb des Domes die eigentliche, bürgerliche Stadt zwischen Klia und Geisel.

Hoch über der Stadt thront noch immer der Merseburger Dom, dem beginnend durch die Grundsteinlegung von Bischof Thietmar im Mai 1015 für eine neue Bischofskirche, durch zahlreiche Umbauten und Erweiterungen bis 1230 der Dom die westliche Vorhalle mit dem Turmmittelbau erhielt, welche ihm die unverwechselbare Außenansicht gab. 1510 begann auf Weisung vom Bischof Tilo von Trotha der Neubau des Langhauses. 1517 wurde die spätgotische Halle mit ihren Staffelgiebeln und dem Relief- und Wappenschlusssteinen geschmückten Netzgewölbe geweiht. Um 1535 schuf Hans Möstel das Schlaufengewölbe der Vorhalle und die

Westtürme erhielten die spitzen Schieferhelme. Der südlich der Kirche gelegene Kreuzgang erhielt seine Gestalt zwischen 1250 und 1350. Nur das Tonnengewölbe an der Johanneskapelle, der Tonsur, stammt aus romanischer Zeit. Weithin bekannt ist der Dom auch durch seine Ladegast- Orgel, von 1855, (heute fast 5800 Pfeifen in den 81 klingenden Stimmen) die zu den Größten seiner Art Europas zählt.

Dr. Martin Luther hielt 1545 in der Reformationszeit zwei Predigen, die in Schriftform in der Domstiftsbibliothek zusammen mit den Merseburger Zaubersprüchen, aus dem 10. Jahrhundert und mehreren Buchillustrationen, wertvollen Urkunden und Schriften aufbewahrt werden. Seit der Reformationszeit ist die ehemalige Bischofskirche ein evangelisches Gottes-Haus, das heute dem Gemeindegottesdienst und kirchlichen Veranstaltungen dient.

Michael selber besuchte den Dom später gern zu den Merseburger Orgeltagen und lauschte den Klängen, am liebsten den vom Altmeister Bach überlieferten Stücken.

Geschuldet dem Ehrgeiz seiner Mutter besuchte er ab der dritten Klasse die Altenburger Oberschule, eine Schule mit erweitertem Russischunterricht, welche im Stadtzentrum in der Nähe des Doms lag. So hatte er in der Woche zwar jeden Tag das erhebende Gefühl am Merseburger Schloss und seinem Schlossgarten vorbei zu laufen, aber der Schulweg dahin dauerte mehr als eine Stunde. Das kostete ihm viel Freizeit, oft verfluchte er seine Mutter dafür ihm das angetan zu haben. So hatte er zu den wenigen Kindern seiner Siedlung kaum Kontakt. Des Öfteren besuchte er nach der Schule auch das Merseburger Schloss. Durch ein schmiedeeisernes Tor gelangt man auf den Schlosshof, wo dem Besucher zuerst der Käfig mit dem Raben ins Auge fällt. *Es gibt natürlich auch eine Sage dazu.*

Als zu Zeiten des Bischofs Thilo von Trotha, der von 1466 bis 1514 regierte, er eines Tages einen kostbaren Ring vermisste, wurde der treue alte Diener des Diebstahls bezichtigt. Der Unschuldige sei hingerichtet worden und sprach zuvor, dass er seiner Unschuld zum Beweis kopflos die Hände zum Himmel strecken wird und so geschah es auch. Ein Relief an der Schlosswand zeugt heute noch vom damaligen Unrecht. Bei späteren Renovierungsarbeiten an der Schlossfassade fand man den Ring in einem Rabennest. Seither wird stets ein lebender Rabe zum Gedenken an Thilos voreiligen Urteilsspruch in diesem Käfig im Schlosshof gefangen gehalten. Der Rabe büßt noch immer für das Verbrechen seines Ahnen, oder auch die Schuld des Bischofs, wobei ich erwähnen muss, dass, wie am Käfig zu lesen ist, die Naturschutzbehörde ihre Erlaubnis dazu erteilte. Alles hat somit seine Ordnung. Aber für den Raben wird hier gut gesorgt, seine Geschwister in der Freiheit sind vom Aussterben bedroht.

Ob nun aber Bischöfe, kurfürstliche Administratoren oder Herzöge auf dem Schlossberg thronten, für Merseburgs Bürger machte es wenig Unterschied. Sie arbeiteten und mühten sich, trieben Handel, verrichteten ihr Handwerk, brauten Bier oder gingen Fischfang in Saale, Klia und Geisel nach, sie bauten Häuser und verloren sie durch Brände und Krieg.

Nach 1815 wurde Merseburg preußisch. Den Merseburgern gefiel das wenig. Da nun die Stadt zur Hauptstadt eines Regierungs-

bezirkes avancierte, kamen eine Unmenge an Beamten und eine Garnison Soldaten in die Region. Kastengeist, Bürokratie und Engstirnigkeit nahmen Merseburg gefangen.

Hungersnot und Teuerung in Preußen führten im Frühjahr 1847 zu Unruhen auch im Merseburger Land. Husaren schlugen eine Hungerdemonstration nieder. Die revolutionären Ereignisse des Jahres 1848 gingen an der Stadt Merseburg auch nicht spurlos vorbei, es gründeten sich eine Reihe von politischen Vereinen, der „Konstitutionelle Klub", ein republikanischer Bürgerverein, dem vorwiegend „Personen der unteren Volksklasse" angehörten. Sie hielten dann auch den Bahnhof besetzt um Truppentransporte nach Berlin, die dort die Revolution niederschlagen sollte, aufzuhalten. Sie blockierten mit einer Barrikade die Gleise. Den Staatsstreich der Konterrevolution konnten sie allerdings nicht verhindern.

Im November 1964 erhielt Michaels Familie Zuwachs, eine kleine Schwester wurde geboren. Sie war niedlich und wurde natürlich von allen verwöhnt.

Für ihre Mutter ging ein großer Wunsch in Erfüllung, sie wollte immer eine Tochter, aber das bedeutete eine neue Herausforderung, denn sie war noch beim Fernstudium und so galt es Familie, Beruf, Fernstudium und jetzt noch die Kleine unter einen Hut zu kriegen. Aber im Großen und Ganzen meisterte sie das fabelhaft.

Was erst Jahre später bekannt wurde, war der Sachverhalt, dass nicht nur Michas Mutter eine Tochter gebar, nein, da gab es noch eine Gespielin auf der Arbeit, sie gebar fast zeitgleich einen Sohn, sein Vater hatte jetzt also auch einen Bastart, für den er später nicht nur Alimente zahlen musste, nein, auch war das Fremdgehen in den Augen der Genossen eine große Schande, die bestraft werden musste, Michaels Vater wurde von fort an nicht mehr bei der Kreisleitung, Abteilung Finanzen, beschäftigt, er wurde in den Rat der Stadt zwangsversetzt und war von nun an Stadtrat für Finanzen.

Zu Hause wurde die Wohnung neu strukturiert, die Zimmer anders belegt.

Die drei Jungen hatten jetzt endlich ein eigenes Schlafzimmer in dem Zweifamilienhaus oben unterm Dach. Morgens weckte ihre Mutter über die Hausklingelanlage und Micha als Kleinster musste immer zur Tür um zu fragen, wer geweckt werden sollte. Er hatte schon damals einen sehr unruhigen Schlaf.

Merseburg hatte zu der Zeit kein eigenes Schwimmbad und so fand der Schwimmunterricht lange Zeit nur auf dem Papier statt und zwar so, dass der Sportlehrer fragte, ob alle schwimmen können. Ab einem gewissen Alter beantwortete auch Michael die Frage mit „ja", obwohl ihm klar war, dass er außer ein paar klägliche Schwimm- und Tauchversuchen im Sommer in Mecklenburg an der Elde keine Erfolge diesbezüglich für sich verbuchen konnte. Und wie es kommen musste, fuhren die Klasse eines schönen Tages zum Sportunterricht nach Krumpa ins Schwimmbad um eine Schwimmstufe abzulegen. Micha war fast 13. Was blieb ihm anderes übrig als ins Becken zu springen und loszupaddeln. Es war mehr ein Paddeln als ein Schwimmen, aber er hielt sieben Minuten durch und hatte die erste Schwimmstufe. Von nun an versuchte er das öfters und lernte so im Nachgang auch richtig Schwimmen.

Um seine eigenen Aggressionen eine richtige Richtung zu verschaffen, ging eines Tages, Micha war zwölf, sein Vater mit ihm zum Boxtraining. Michael gefiel das Training super, er konnte sich so richtig schön abreagieren und allen angestauten Frust rauslassen. Als der Vater das abends seiner Frau gestand, war die Hölle los. Der arme Junge soll wohl später mit einer gebrochenen Boxernase rumlaufen, nein, das geht gar nicht. Dass der Sport seinem Temperament entsprach, wollte sie nicht wahrhaben.

Im gegenüberliegenden Haus wohnte der alte Trainer eines Kunstradfahrvereins und suchte für seine Mannschaft Nachwuchs. Da traf er bei Michas Mutter auf offene Ohren. Kunstradfahren, so etwas Edles, ja, das war das Richtige für ihren Sohn, das durfte er von fortan machen.

Nun gut, richtig Fahrradfahren lernen war nicht das Schlechteste, auch war die Mannschaft im Bezirk konkurrenzlos, also egal wie schlecht sie sich anstellten, waren sie schon zumindest Bezirksmeister und durften sich stolz die Goldmedaillen um den Hals hängen lassen. Das war doch schon eher nach dem Geschmack seiner geltungssüchtigen Mutter, Sohn einer Unterstufenlehrerin, denn das war sie in der Zwischenzeit durch ein Fernstudium geworden, Bezirksmeister und bald vielleicht mehr, denn der Titel berechtigte bei der DDR- Meisterschaft in Kunstradfahren anzutreten und mit ein bisschen Glück bekam man auch hier eine Medaille. Und so war es dann auch. Im Folgejahr fand die Deutsche Meisterschaft der DDR, so hieß das damals noch, in der Kreisstadt statt. Michas Mutter schaffte es natürlich nicht den Wettkämpfen als Zuschauerin beizuwohnen. Schade eigentlich, er hatte mit mehr Interesse an dem was ihr Sohn macht, gerechnet. Sie hatten bei diesem Wettkampf Glück und wurden Vizemeister. Zur abendlichen Siegerehrung und Medaillenübergabe im damaligen Festsaal des Kreiskulturhauses war sie natürlich mit stolz geschwellter Brust anwesend. Ihr Sohn war jetzt Vize- DDR- Meister, das ging ihr runter wie Öl, zumindest für den Moment. Als sie in den Folgejahren auch bei der Jugend mehrfach den Titel verteidigt haben, war es dann schon zur Selbstverständlichkeit geworden.

Micha war das mittlerweile auch egal, denn für ihn war der am Abend stattfindende

Sportlerball viel wichtiger als irgendein Titel geworden, denn da waren sie die Jungs aus der Kreisstadt die Kings bei den Mädels, die meist in Dorfvereinen trainierten und so auf die redegewandten charmanten Jungs aus der Kreisstadt standen. Mit ihren groben meist miteinander verwandten Dörflern hatten sie an diesem Abend nichts im Sinn. So verhalf Micha der Sportlerball, oder besser die sich anschließende Nacht zu seinen ersten amourösen Abenteuern, ja, wenn sie mal losgelassen werden, in den Betten ging es dann meist heiß her und wer keine abgekriegt hatte, konnte in den damals meist Mehrbettzimmern zumindest hören und erahnen, was da so abging.

Einen Großteil seiner Freizeit verbrachte er aber in St. Micheln bei seinen Großeltern. Oft spielte er mit seinem Großvater „Mühle" oder „Dame". Sein Haus- und Hofbarbier war er auch geworden. Abends erzählte der Großvater Micha dann Geschichten aus seiner Jugend, von Bismarck, den er verehrte oder dem heißen Sommer 1933, wo viele Rote braun geworden sind.

Auch wohnten in dem Dorf Michaels besten Freunde, wie Günter, Ecki, Kalle und Ronny.

Sie zogen durch die naheliegenden Wälder, krochen durch Kalksteinhöhlen oder spielten auf dem „Turner" Fußball. Hier auf dem Dorf war immer was los, im Gegensatz zu den langweiligen Nachmittagen zu Hause in Merseburg, wo sie zwischen dem Stadtzentrum und der Südstadt in einen mit Ein- und Zweifamilienhäusern bestückten Terrain wohnten, wo Micha mangels gleichaltriger Kinder kaum Freunde besaß.

Einer seiner wenigen Spielgefährten war Thommy, der Nachbarsjunge. Er war zwar vier Jahre jünger, aber das tat der Freundschaft keinen Abbruch, Im Gegenteil, vieles, auch manchen Unsinn, machten sie jetzt gemeinsam.

Viel unternahm Micha auch mit seinem Bruder Heino. In St. Micheln bei Oma und Opa erwies sich Heino als sehr kreativ. Er hatte immer die besten Ideen, fochten mit sebstgefertigten Säbeln um von Heino gefertigten Pokalen, klauten Kirschen im Juli und versuchten auch einmal ihren Opa, als Kirschdiebe verkleidet, auszutrixen. Für die verregneten Tage fertigten sie sich eine Mannschaft Matrosen. Auch malte Heino seine ersten Bilder, die es wert waren sie aufzuheben.

Das Jahr 1970 brachte einige Veränderungen, Michaels Jugendweihe stand als Höhepunkt ins Haus.

Sein großer Bruder hatte sich für eine Offizierslaufbahn an der Offiziersschule in Dresden entschieden.

Vor der Jugendweihe standen aber jede Woche die Jugendstunden an. Das war damals in der DDR so üblich, dass die werdenden Jugendlichen sich in thematisierten Jugendstunden auf den neuen Lebensabschnitt vorbereiteten. Zu den Themen gehörten u.a. die zehn Gebote der sozialistischen Lebensweise, sie hatten nichts mit den zehn Geboten im Religionsunterricht zu tun, nein, für die sozialistische Persönlichkeit zählten andere Ideale.

Sie sprachen über den Regierungsaufbau des Arbeiter- und Bauern- Staates, die Volkskammer und auch das ZK der SED, über sozialistische Lebensweisen, die Familie, als kleinste Keimzelle der Gesellschaft, machten Exkursionen, z.B. ins Konzentrationslager Buchenwald, oder dann zum abschließenden Höhepunkt nach Berlin, der Hauptstadt der Deutschen Demokratischen Republik. Abends vom Fernsehturm aus, hatte sie auch einen Ausblick auf die andere Seite, auf Westberlin, dort schien alles viel heller, aber das war bestimmt der verschwenderischen kapitalistischen Lebensweise geschuldet.

Auch organisierten sie ihre erste eigene Disco und sie durften mit den Mädchen aus ihrer Klasse und der Parallelklasse flirten und tanzen. Das war für die meisten eine neue Erfahrung.

Und dann war es soweit, am 8. März, zum internationalen Frauentag, war 1970 Jugendweihe angesagt. Nach der Feierstunde im Schlossgarten Salon, wo alle feierlich das Gelöbnis ablegten, fuhren alle zu ihren privaten Feiern mit ihren Verwanden.

Sie feierten dieses Mal zu Hause im Amselweg 11. Werner hatte es nicht geschafft zur Feier zu kommen. Die DDR war eingeschneit und das Militär schaufelte an der Schneefront um Züge freizulegen, schade eigentlich. Seine Freundin war zur Feier gekommen und mit ihrem Minirock sah sie richtig sexy aus. Ein vorwitziger Onkel hatte sich einen Taschenspiegel auf den Schuh geklebt, um den Mädels beim Tanzen unter den Rock zu schauen, sie hatten die Lacher auf ihrer Seite. Cousine Maritta, sie ist ein halbes Jahr älter als Michael, kam auch im super kurzen Minikleid und machte alle, mit ihrem sexy Outfit verrückt. Die anderen zahlreich erschienenen Cousinen schienen sehr blas neben den beiden, sie waren ja auch ein paar Jahre jünger.

Für das Geld, was Michael als Geschenk bekam, wollte er sich mit seinem Bruder Heino ein Faltboot kaufen, was sie allerdings später doch nicht taten und Michael kaufte sich ein gescheites Fahrrad, denn Fahrrad-Fahren war zu einer großen Leidenschaft geworden und auch war das der erste Schritt zur Unabhängigkeit.

Eine Flasche Whisky gönnte er sich mit Heino dann doch, es war ja Jugendweihe und man war fast erwachsen.

Um Michas immer wiederkehrenden Schlafstörungen und Ohnmachtsanfällen auf den Grund zu gehen, ließen ihn seine Eltern in Bernburg in eine Spezial- Klinik einweisen.

Hier unterzog er sich mehreren Untersuchungen, EEG und EKG waren die Geringsten. Auch wurde ihm Gehirnflüssigkeit entnommen und untersucht. Komplettiert wurden die Untersuchungen auch mit einem Schlafentzugs EEG, wo er die Nacht zu vor der Nachtschwester assistieren durfte. Was er da sah, prägte sich tief in sein Gedächtnis ein, auf einer Station lagen Kinder im jugendlichen Alter von 13, 14, aber noch immer im Babystadium, nein, hier wurde wirklich jede Form von Leben geschützt, auch wenn dieses für manch Betrachter fragwürdig erscheinen mag.

Festgestellt bei Michael wurde ein Schatten im Gehirn, welcher Fragen aufwarf, aber keine eindeutige Diagnose zuließ.

Nach diesem Befund hätte Michael ausgemustert werden müssen, aber es kam später natürlich ganz anders.

Die Jahre seiner Jugend

In Merseburg wütete die Abriss- Birne, der ein Großteil der Altstadt südöstlich vom Markt zum Opfer fiel. Die Bausubstanz war laut Aussage der Gutachter nicht mehr zu retten. Es wurde Platz geschaffen für ein Neubaugebiet mit zumeist 5stöckigen Plattenbauten bis rund um das Gebiet der Sixti-Ruine.

Auch Michaels Schule fand dort einen neuen Standort und erhielt den verpflichtenden Namen „Hermann Matern".

Nach der 8. Klasse wurde sein Klassen-verband umstrukturiert. Ein Großteil der Mitschüler zog es zur „Ernst Haeckel" EOS, einer Schule mit gymnasialem Abschluss, in der DDR Abitur genannt.

Sie, die an der alten jetzt neuen Schule verbliebenen, waren dann in einer Klasse, der 9 R. Hier zählten sie nur noch 15 Schüler, aber das erwies sich als Vorteil, denn in einem so kleinen Klassenverband war die Unterrichtsstoffvermittlung viel intensiver. Man konnte sich im Unterricht kaum noch abducken, denn das bemerkte ein aufmerksamer Lehrer sofort und bezog ein wieder in das aktive Unterrichtsgeschehen mit meist „blöden Fangfragen" ein. Pech, oder doch besser Glück gehabt, denn sie lernten ja nicht für den Lehrer, sondern für sich.

Als stellvertretender FDJ- Sekretär wurde Michael von seinen Klassenkameraden in die Gruppenleitung gewählt und begann damit seine kleine „politische Kariere". Auch verguckte er sich damals in eine Mitschülerin, sie hieß Martina. Es war eine schöne Zeit. So eine kleine Liebelei motivierte in dem Alter ungemein. Auch gründeten sie einen Matheklub, zum einen zur Hilfe der Mitschüler, die in diesem Unterrichtsfach Schwächen hatten und zum anderen um sich selbst in Mathe fit zu halten, lösten gemeinsam die Sonderaufgaben, die zur Leistungsförderung in der „alpha" abgedruckt waren. Auch bemühten sie sich im Geschichtszirkel das Leben von Hermann Matern, einen Deutschen Kommunisten, der gemeinsam mit Wilhelm Pieck und Otto Grotewohl der ersten Arbeiterregierung der sowjetischen Besatzungszone und späteren DDR angehörten. Martina zog dann mit ihren Eltern in eine andere Stadt und sie verloren sich aus den Augen.

Als kleines Highlight machten Schnotte, Kossi, Klaus und Michael eine Radtour. Als erstes Ziel setzten sie sich Seeburg am Süßen See (ca. 60 km entfernt). Als sie aber durch Querfurt radelten, überzeugte Schnotte alle von einer Zielkorrektur, er wollte unbedingt zum Kyffhäuser, ist ja auch nur 30 km weiter. Kossi und Micha konnte er überzeugen, Klaus kehrte wieder um, war ihm zu anstrengend. Und so radelten sie weiter gen Westen. Sie waren gut drauf und das Wetter zu diesem Zeitpunkt auch noch viel versprechend, die Sonne schien und die Temperatur war fürs Fahrradfahren ideal. Sie fühlten sich wie echte Pedalritter und strampelten, vorbei an Frankenhausen, hinauf zum Kyffhäuser. Oben angekommen, genossen alle Drei den herrlichen Ausblick, gönnten sich jeder einen halben Broiler mit Pommes und einen halben Liter Sternie, sie waren ja schon 16 und damit fast erwachsen. Nach einer reichlichen Stunde Mittagspause ging's zurück. Aber die Rückfahrt hatte ihre Tücken. In den Serpentin runter Richtung Frankenhausen überschlug sich Schnotte und landete ungebremst im Gras am Straßenrand. Glück gehabt, denn in der nächsten Kurve wartete rechts ein Abhang, die Landung dort wäre nicht so glimpflich abgegangen. Aber so musste er nur sein Vorderrad etwas richten, die Kette wieder draufmachen, sich mal richtig schütteln und es konnte weiter gehen. Doch dann kurz vor Querfurt überraschte sie ein hässlicher Regenschauer, sie waren in kurzer Zeit klatsch nass bis auf die Haut, aber sie hatten noch 30 km bis Merseburg vor sich, also Zähne zusammenbeißen und weiter. Vor Bad Lauchstädt erwischte dann alle drei ein beißender Hungerast. Sie hätten sich am liebsten vor ein entgegenkommendes Auto geworfen, sie waren alle drei fix und alle. Zum Glück kam dann am Straßenrand ein Ausflugslokal, sie kratzten ihre letzten Pfennige zusammen, es reichte für zwei Rollen Sportkekse zu je 25 Pfennig, aßen sie hastig und welch ein Wunder, vermutlich durch den Zucker erholten sie sich schlagartig, schwangen sich wieder aufs Rad und es ging weiter. Glücklich zu Hause angekommen, nahm Micha eine heiße Dusche und verschlang eine riesige Portion zum Abendbrot. Den nächsten Tag hatten alle drei einen Muskelkater in den brennenden Oberschenkeln, auch nicht verwunderlich, denn immerhin waren das am Tag zu vor 180 km auf dem Rad. Sie waren keine Profis, also Hut ab, vor dieser reifen Leistung. Für sie wurde die Radtour zu einer bleibenden Erinnerung.

Die Prüfungen zum Abschluss der 10. Klasse beendeten auch den Aufenthalt an der Polytechnischen Oberschule. Natürlich trennte sich das Klassenkollektiv nicht ohne nochmal zünftig als Klassenverband Party zu feiern.

Im Zuge der regelmäßigen Besuche des Theaters, ja, so etwas gab es im Osten und war ein Anrecht auf einen Theaterbesuch im Monat als Schüler meist im Klubhaus des BUNA- Werkes in Schkopau, sah Michael bei einem Schülerkonzert das erste Mal die „Klaus Renft Combo" live, er war begeistert, Titel von Deep Purple und Ten Years After gehörten neben eigenen Titeln wie „Zwischen Liebe und Zorn" und „Wer die Rose ehrt" zum Programm. Von Joe Cocker spielten sie „The Letter" und als Zugabe spielte Cäsar schon allein auf der Bühne „Lady Jane" von den Rolling Stones, das war eine Messe und traf voll seinen Geschmack.

Mit seinem Bruder Heino ging er durch das Renft- Konzert motiviert, zur „Theo- Schuhmann Combo", die hatten ein paar Hits im Radio, wie „Guten Abend Karolina" und „Verzeih", aber das spielten sie nicht im Konzert, hier zeigten sie sich viel härter und als Nagelprobe kam „Sweet child in time" von Depp Purple, ein Hit der voll angesagt war in der Zeit. Auch dieses Konzert entsprach voll seinen Vorstellungen, obwohl er im Vorfeld bedingt, durch die mehr nach Schlager klingende Musik dieser Combo misstrauisch gegenüberstand.

Sein Bruder Heino hatte damals seinen Musikgeschmack, dadurch dass beide viel vor dem Radio saßen um Musik auf Heinos neuen Tonbandgerät aufzunehmen, zu meist vom damals noch existierenden „Soldatensender", der zwar in Burg bei Magdeburg stand, aber von dort aus für die Bundeswehrsoldaten mehrfach am Tag Sendungen mit viel Westmusik ausstrahlte, geprägt. Micha stand auf die Rolling Stones, die Troggs und Small faces.

In Mücheln hatte er im Frühjahr 1972 auch die Möglichkeit im dortigen Kulturhaus ein Konzert von „Electra" mit Stephan Trepte als

Frontmann zu erleben, war auch spitze, vor allem „Tritt ein in den Dom" fand er super.

Sein Bruder Heino war Lehrling im Stahlbau und wurde dann auch bald zum Ehrendienst eingezogen, so hatte er weniger Zeit für seinen kleinen Bruder. An seine Stelle als Spielkamerad trat jetzt immer mehr Thomas, ein Junge aus ihrer Nachbarschaft. Mit ihm verbrachte er von fort an noch mehr Zeit.

Im April 1972 heiratete sein großer Bruder eine Schönheit von der Ostseeküste aus Greifswald. Die Hochzeit fand auch da oben statt und so besuchten sie auch Wieck mit seiner historischen Zugbrücke am Greifswalder Bodden. Was Micha bis heute noch in Erinnerung blieb, war der leckere Schweinebraten, so knusprig und zugleich auch zart hatte er ihn selten gegessen.

In seinen nun letzten Sommerferien ging er als Erzieherhelfer nach Deutscheinsiedel im Erzgebirge ins Kinderferienlager. Dort betreute er die großen Jungs, trainierte die Fußballmannschaft und war für die Disco zuständig. Micha hatte dafür extra ein paar Tonbänder mit aktueller Beatmusik mitgenommen, die so gut bei den Kindern ankam, dass er auch im Nachbarferienlager die sonnabendliche Disco absichern musste. Alle hatten ihren Spaß, auch störte es ihn nicht, dass seine Mutter Lagerleiterin war, sie machte einen guten Job und Geld gab es auch noch für den Lageraufenthalt. Im Lager lernte er Marita kennen. Sie arbeitete ebenfalls Erzieher und war zuständig für die ältere Mädchengruppe. Daraus entwickelte sich eine enge Freundschaft. Dass Marita zwei Jahre älter als er war und ihre Lehre als Verkäuferin im Textilgeschäft bereits abgeschlossen hatte, störte Micha nicht im Geringsten, aber seine Eltern. Als die Beziehung zwischen ihnen inniger wurde und Micha sie auch zu seinem 17. Geburtstag eingeladen hatte, führten seine Eltern mit ihr ein 4- Augengespräch um ihr von der Beziehung mit ihrem Sohn abzuraten, ja, sie mischten sich regelrecht ein. Micha wurde ja erst 17 und war noch nicht volljährig, sie mit ihren 19 schon eine gestandene Frau mit wesentlich weiterreichenden Plänen. Na gut, dieses Zwischenfunken seiner Eltern tat der Beziehung zwischen ihnen keinen Abbruch, sie trafen sich umso mehr. Eine richtige Frau war für Michael eine schöne und lehrreiche Erfahrung.

Nach den Ferien begann Micha eine Lehre als Facharbeiter der chemischen Produktion, natürlich mit Abitur, in der Berufsschule des Leuna- Werkes „Walter Ulbricht". Was anderes kam in seiner Familie gar nicht in Frage, schließlich sollte er ja auch nach der Armee studieren. Was war seinen Erzeugern wohl egal, Hauptsache ein Studium stand in seinem Lebenslauf.

Tja, nun Lehrling zu sein, hatte schon was, gab ja jeden Monat Lehrlingsgeld. Auch wenn die knapp 90 Mark kein Vermögen waren, stellte es doch den ersten Schritt in die finanzielle Unabhängigkeit dar und das war ihm wichtig, denn immer nur das Gerede seiner Eltern über Geld und was sie schon wieder für seinen großen Bruder bezahlt haben, der hatte im Frühjahr 72 geheiratet, stand selber noch in der Ausbildung und hatte seine Offizierslaufbahn und das richtige Geldverdienen noch vor sich. Micha konnte die ewige Diskussion nicht mehr ab und nicht im Geringsten Lust immer schön „danke" zu sagen.

Oft fuhr er weiterhin in seiner Freizeit nach St. Micheln zu seinen Großeltern. Half dort beim Erhalt des Hauses, machte kleine Reparaturen am Dach, strich die Fenster, oder malerte zusammen mit seinem Onkel Horst die Fassade, so schön lindgrün, wobei die Fenster mit einem 15 cm- breiten weißen Rand versehen wurden. Auch nutzte er die Zeit dort mit seinen Kumpels, gingen ins Kino, zur Dorfdisco, zu Gartenfesten oder spielten „Knack" und hörten dabei Radio Luxemburg auf der Mauer sitzend an der Geiselquelle. Einen Jugendklub hatten sie in der alten Backstube neben der Dorfkneipe auch, wo sie Tischtennis oder Dart spielten, öfters kehrten sie natürlich auch zu Bier und Bockwurst im Gastraum der Gaststätte „Zur Geiselquelle" ein. Später bauten die Jungs sich dann ihren eigenen Klub, ein unterkellertes Holzhaus im hinteren Garten von Günters Eltern, die „Höhle zur flotten Ente", dort verbrachten sie von fort an viele Abende und Nächte beim Kartenspielen, Musik hören und natürlich Biertrinken. Das Fußballspielen auf ihrem Bolzplatz wurde dabei auch nicht vernachlässigt.

Wenn im Winter Schnee lag, stürzten sie sich mutig auf ihren Ski die Hänge der Berge ums Dorf, wie den Kohlberg und den Weinberg, hinunter.

Das Lehrlingsendgeld reichte natürlich maximal bis zur Mitte des Monats, da musste noch eine andere Geldquelle aufgetan werden. Und die fand sich auch quasi über Nacht. Denn Michaels Vater, der mittlerweile Invalidenrentner war, organisierte die Feierabendtätigkeit in der Begrünung.

Merseburg hatte sich das anspruchsvolle Ziel gestellt, mitten im Chemie- Bezirk eine grüne Oase zu werden. Das war für die Lebensqualität auch wichtig, denn war Südwind, stank es meist nach Schwefelwasserstoff, also nach faulen Eiern nach LEUNA, drehte er nach Norden stank es nach Karbid und Chlor von BUNA, bei Westwind stank es nach Schweinestall, denn unsere Freunde, die Garnison der Sowjetsoldaten hatte dort zur Eigenversorgung eine große Schweinezuchtanlage, nur wenn Ostwind war, konnte man die Wäsche zum Trocknen wirklich raus-hängen, das war schon besonders. Aber Chemie versprach ja auch Wohlstand, so wie es der Staatsratsvorsitzende Walter Ulbricht lauthals bei einem Parteitag verkündet hatte und schließlich wollten alle die Vorzüge des Sozialismus genießen. Die Chemie also versprach den Fortschritt und

Wohlstand, die Sowjetarmee sicherte den Frieden in Zeiten des „Kalten Krieges", also was sollte das Gemecker über den bisschen Gestank, auch waren regelmäßig morgens die Fensterbretter voller Flugasche, in LEUNA hatte man mal wieder bei den Schornsteinen die Magnetfilter ausgeschaltet, denn täglich musste ja der Plan erfüllt werden und die Produktion ohne Filter war viel effektiver.

Lange Rede kurzer Sinn, Merseburg hatte sich verpflichtet um der Umweltverschmutzung gegen zu steuern eine Million Bäume zu pflanzen. Den Startschuss machte man mit NAW- Einsätzen, das waren unentgeltliche Arbeitseinsätze zum Wohle der Gesellschaft, getreu dem Vorbild des „Subbotniks", der in der Großen Sozialistischen Sowjet-Union regelmäßig zur Anwendung kam. Was bei den Arbeitseinsätzen doch meistens fehlte, waren Fachkräfte und so geschah es nicht selten, dass beim Bäume- Pflanzen, die Plastiktüte, welche die Wurzel beim Transport schützen sollte, nicht entfernt wurde, denn sie hatte ja schließlich Löcher. Das hatte zur Folge, dass tausende von den jungen Bäumchen innerhalb kurzer Zeit vertrockneten, das Gute daran war, dass eine gutbezahlte Feierabend-Brigade reichlich Arbeit hatte, erst mit der Abholzung der toten Bäume und dann mit der fachmännischen Neubepflanzung.

Sie arbeiteten am Wochenende auf Leistung und so hatte auch Micha in guten Monaten ca. 300 Mark extra in der Tasche, also ausreichend um sein feudales Lehrlingsdasein sich zu versüßen. Dreimal die Woche Klubhaus mit dreimal Essen und zehn Bier wurden zur Regelmäßigkeit. Damit Michael dabei nicht zu dick werde, machte er dreimal die Woche außerschulischen Sport beim Geräteturnen und im Kraftraum. Das tat seiner Kondition sehr gut und die half ihm dann wieder bei der Arbeit am Wochenende, ein Kreislauf der nur Vorteile brachte.

Mit seinen neuen Kumpels hing er ansonsten viel rum, hörten Musik, der Geschmack seinerseits hatte sich deutlich zu Gunsten des Hardrocks von Deep Purple, Santana und Rory Gallagher verschoben, der Ostrock um Renft, Lift und Stern Meißen wurde auch immer besser. In der Merseburger Gegend bestimmte Zackset die Szene. Wenn die Jungs um Pitzack, der wohnte auch im Amselweg um die Ecke und war Begründer der Band, auf der Bühne standen, bebte die Luft im Saal. Sie zählten durch ihre Einstufung, der sich jede Ostband unterziehen musste, wenn sie dauerhaft irgendwo auftreten wollten, zur Sonderklasse, also kurz unter den Profis. Das war schon was, auch erhielten sie später die Möglichkeit einen ihrer eigenen Titel auf einer Amiga- „Hallo" Platte pressen zu lassen.

Einmal war ein kleines Open- Air- Festival in Leuna an den Saale- Hängen, ab Mittag spielten angesagte Rockbands. Nachmittags rockte Modern Soul und anschließend die City Rock Band Berlin (später City) das Geschehen. Aber so richtig brannte dann am Abend die Luft. Da spielten City und Zackset im Wechsel. Die Kumpels um Micha tanzten auf Tischen und Bänken, die Stimmung war der blanke Wahnsinn. Das Festival suchte lange sein Gleichnis.

Michael hatte sich einen guten Stereo- Plattenspieler geleistet und sammelte jetzt Schallplatten, Westplatten waren dabei natürlich das Sahnehäubchen.

Ja, der Musikkonsum war ein fester Bestandteil seines Lebens geworden und für eine Westplatte bezahlten die Fans rund 200

Mark. Das war das Doppelte des monatlichen Lehrlingseinkommens, aber irgendwie kriegten die Fans das Geld schon zusammen.

Wohl dem, der Verwandte auf der anderen Seite des „Eisernen Vorhangs" hatte und mit so begehrten Waren, wie Schallplatten oder auch echten Jeans von Levis oder Wrangler versorgt wurde und der damit handeln konnte, dem war ein schönes Sümmchen so nebenbei sicher.

Micha zählte nicht zu den Glücklichen. Er hatte zwar Westverwandtschaft, aber durch den Offiziersstatus seines ältesten Bruders durften die Familie keinen Kontakt zur Westverwandtschaft pflegen und kam es doch unplanmäßig zu einem Treffen mit Bürgern aus dem nichtsozialistischen Ausland, so war das meldepflichtig. Aber zum Glück hatte Micha ja seine Feierabendtätigkeit und somit zumindest keine Geldsorgen. Auch machte die Arbeit Spaß. Sie waren meist an der frischen Luft und bei der Gestaltung des „Hinteren Gotthardteiches" mit lukrativen Projekten, wie z.B. der „Teichperle" eines ausgedienten Ausflugdampfers, der in eine Gaststätte umfunktioniert wurde und dem gesamten Terrain rund um, mit Rosenbeeten, Wasserspielen, Mosaiken und einem Spielplatz mit einer Riesenschnecke aus Plaste zum Rutschen, bis hin zu Tiergehegen für Bären und anderen einheimischen Vierbeinern, beschäftigt.

Abends hatte er allerdings Schwierigkeiten mit dem Einschlafen, so hatte er sich angewöhnt vor dem Zubettgehen 30 bis 40 Liegestütze zu machen, um sich auszupowern um danach in der Abklingphase besser einschlafen zu können. Die Einschlaf- und Durchschlafprobleme führten auch immer mehr zu einer psychischen Belastung. Die Schlafstörungen führten zunehmend zu Konzentrationsstörungen, das war für ihn echt belastend.

Bei Klassenfeten war es mittlerweile üblich, dass Michael sich um die Musik inklusive Anlage kümmerte, Geld für die Fete war meist ausreichend in der Klassenkasse durch den innerbetrieblichen Wettbewerb, wo sich die Klasse nach dem Vorbild der Betriebsplanung einen Plan, die Lernleistungen und die kulturellen Aktionen des Klassenkollektives betreffend, aufstellte und dessen Qualität, sowohl in den Anforderungen, sprich Zielen, und deren Erfüllung regelmäßig abgerechnet wurde.

Micha war seit dem zweiten Lehrjahr FDJ-Sekretär und somit daran nicht ganz unbeteiligt. Chef des Klassenkollektives zu sein, war natürlich auch eine gewisse Verantwortung und Vorbildfunktion die man damit innehatte. Aber es machte ihm natürlich auch Spaß, die Geschicke der Gruppe mit zu bestimmen, irgendwie berauschte auch das Verspüren der Macht, die man hatte und so auch aktiv an der Höhe der zu erwartenden Prämienzahlung für die Klassenkasse mitzuwirken. Als Anerkennung dafür durfte er auf FDJ- Kosten im nächsten Sommer zusätzlich zum Urlaub zwei Wochen sich in der CSSR im Riesengebirge erholen.

Bei den Weltfestspielen 1973 war er nur indirekt dabei, durfte den Güterzug mit dem die Delegierten traditionsgemäß nach Berlin fuhren mit Plakaten, Symbolen der Weltjugendorganisation und Fahnen schmücken, aber ein Jahr drauf, zu Pfingsten 1974 war er selber Delegierter zum Treffen mit den Komsomolzen in Halle und hatte dort das Glück die ungarische Rockgruppe Omega live zu erleben.

Am Vorabend des 1. Mai war auch immer Party angesagt, einmal spielte in der Mensa der Berufsschule Panta Reih mit Herbert Dreilich und Veronika Fischer. Die waren damals angesagt und dem zu Folge auch eine super Stimmung im Saal.

Im Museum, das im wiederaufgebauten Ostflügel des Schlosses von Merseburg ein neues Domizil, sehr geräumig, gefunden hat, findet der interessierte Besucher ein historisch getreues Modell des alten Marktes von Merseburg. An der Südseite des Marktes steht das Neue Rathaus. Bürgerhäuser, teils mit Giebelfront dem Platz zugewandt, begrenzen den fast quadratischen Marktplatz. Auf der nördlichen Seite steht der Staupen Brunnen zu Füßen einer Reihe alter Bürgerhäuser, hinter denen die Kirche St. Maximi mit ihrem niedrig gedrungenen Querturm aus sächsisch- romanischer Zeit die Dächer überragt.

In Wirklichkeit nach den umfangreichen Rekonstruktionsmaßnahmen existiert kaum noch was von dem einstigen historischen Ensemble. Nach Süden geht der Blick des Besuchers frei hinaus auf das Neubauviertel am Sixtiberg. Die Häuser im Norden stehen noch, und ihre Fassaden scheinen sogar renoviert worden zu sein. Auch der schöne alte Brunnen steht noch, davor steht eine Plastik vom Saale Affen, einen Kobold, der laut Sage vor langer Zeit hier sein Unwesen trieb und jetzt in tiefer Nacht gelegentlich als Geist neu erscheint. Und wenn man auf dem Marktplatz stehend den Kopf weit in den Nacken legt, dann sieht man statt des schweren kantigen Querturms der Kirche den steilen neugotischen Turm, der um die Jahrhundertwende (1890/1900) erbaut worden ist. Unweit davon entfernt ist das alte Rathaus in der Burgstraße. In seinen Kellergewölben ist der Ratskeller. Der erinnert an eine Merseburger Attraktion, die sogar Goethe einst rühmte. " So ist's doch mit allem wie mit dem Merseburger Bier, das erste Mal schauert man, und hat man's getrunken, so kann man's nicht mehr lassen", schrieb er einst in einem Brief an Katharina von Klettenberg. Die Fassade des Alten Rathauses findet der Baukunstliebhaber Elemente der Gotik und der Renaissance.

Einen großen Wandel erlebte Merseburg als tausende Arbeiter aus allen deutschen Landen nach Leuna kamen. Im August 1917 erlebte Merseburg eine große Antikriegsdemonstration auf dem Marktplatz und am 9.November 1918 begrüßten tausende Arbeiter hier die Revolution. Wenige Tage später weht zum ersten Mal die rote Fahne über dem Burgberg. Der Arbeiter- und Soldatenrat des Regierungsbezirkes Merseburg hatte im Schloss seinen Sitz. Einer der Kommissare des Rates war der Elektriker Bernard Koenen aus dem Leunawerk, führender Vertreter des linken Flügels der USPD. Er war bis März 1933 in der Stadtverordnetenversammlung von Merseburg als Abgeordneter der Kommunistischen Partei. Als nach dem 2. Weltkrieg im September 1946 im Alten Rathaus die erste Stadtverordnetenversammlung des neuen Merseburgs tagte, war Bernard Koenen Landesvorsitzender der Sozialistischen Einheitspartei Deutschlands in Sachsen- Anhalt.

Im Süden von Merseburg liegt Leuna. Das LEUNA- Werk prägt hier die Landschaft; in langer Reihe stehen seine Schornsteine, Kühltürme dampfen, eine Vielfalt von Anlagen, Hallen und Fabrikgebäuden ziehen sich kilometerweit hin. Nichts deutet mehr darauf hin, dass hier vor 1916 im weiten Umfeld nur Wiesen und Felder die Landschaft bestimmten. Leuna war da noch ein *kleines unbedeutendes Dorf, dessen Namen kaum jemand kannte. Ruhig und sauber floss die Saale an Leuna vorbei, von Westen her drang hin und wieder das Geratter eines Eisenbahnzuges in die beschauliche Stille dörflichen Lebens hinein.*

Acht Jahre vorher hatten die Chemiker Fritz Haber und Carl Bosch ein Verfahren entwickelt, mit dem aus dem Luftstickstoff unter Zugabe von Wasserstoff bei hoher Temperatur Ammoniak gewonnen wurde.

Bislang hatte Deutschland seinen Bedarf an Stickstoff vorwiegend im Ausland gedeckt, vor allem durch Chilesalpeter. Aber nun war Krieg, Chile weit weg, aber keine Gewehrpatrone, kein Artilleriegeschoß funktionierte ohne diesen Rohstoff und das Kriegsministerium rief nach immer mehr Munition. Das einzige Werk, was bisher nach dem Haber-Bosch- Verfahren Ammoniak herstellte, war am Rhein und damit französischen Luftangriffen ausgesetzt. Leuna war im weiten Hinterland und bot alle Voraussetzungen für einen Werksneubau. Wasser gab's durch die Saale, Braunkohle aus dem nahe gelegenen Geiseltal und eine günstige Verkehrsanbindung durch die Eisenbahnstrecke Berlin-

Frankfurt am Main. Also wurde mit 64 Millionen Reichsmark von der Regierung gestützt, 1916 mit etwa 12000 Arbeitern der Bau des LEUNA- Werkes begonnen. Das Werk wurde zur wichtigsten Stickstoffversorgung Deutschlands, aus den 64 Millionen wurden rund 400 Millionen Reichsmark als Zuschüsse für die denkbar früheste Fertigstellung. Und das Interesse wuchs, je bedrohlicher sich die Lage an der Front entwickelte. Schon 1917 begann die Produktion im großen Stil und half damit den ersten Weltkrieg zu verlängern. Ammoniak wurde seiner Zeit auch als Giftgas an der Front versprüht und drehte plötzlich der Wind, erwischte es die eigenen Reihen.

Als gleichzeitig mit dem Ammoniakwerk die Siedlung für die Produktionsarbeiter und ihren Familien anstelle des Dorfes Leuna entstand, haben Probleme des Umweltschutzes niemanden bekümmert. Die Stadt lag im Osten der Fabrikanlagen und der vorherrschende Westwind schüttet täglich Asche und Ruß darüber aus, der Geruch nach Chemikalien, süßlich dumpf, faulig oder beißend scharf weht vom Werk herüber zur Stadt.

Der Wiederaufbau der Stadt war nach den verheerenden Zerstörungen durch den zweiten Weltkrieg vom Wiederaufbau des Werkes nicht zu trennen. Nun galt die Ammoniak- Produktion doch vorrangig der Dünger- Herstellung, denn Ammonium- Sulfat eignete sich hervorragend als Kunstdünger um den steigenden Bedarf an landwirtschaftlichen Produkten durch die neugegründeten LPGn zu decken.

Als Lehrling im LEUNA- Werk ist Michael oft am Düngemittelsilo vorbeigekommen, an dem eine schlichte Gedenktafel an die Märzkämpfe 1921 erinnert.

Im März 21 wurden hier 2000 Arbeiter zusammengetrieben, die nach der Schlacht um Leuna in die Gewalt der Streitmacht der Polizei geraten waren. Erst durch verschärften Artilleriebeschuss mussten sich die Arbeiter, die auch einen eigenen Panzerzug hatten, sich der Übermacht ergeben. Mehr als 50 Leunaarbeiter wurden hingerichtet und am Gänseanger verscharrt. Dort steht jetzt ein Gedenkstein, den einst Ernst Thälmann zum ewigen Gedenken an die März- Gefallenen einweihte.

Hier legten sie als Lehrlinge im ersten Lehrjahr ein Gelöbnis der Toten zu Ehren als Mitglieder der Gesellschaft für Sport und Technik (GST) ab und starteten alljährlich ihre Hans- Beimler- Wettkämpfe. Da zeigten sie im Zugverband im Wettkampf mit ca. 30 anderen Gruppen, was sie in der vormilitärischen Ausbildung gelernt hatten. Einmal waren sie in seiner Lehrzeit Kreismeister.

Das Kunstradfahren hatte er schon in der 11. Klasse wieder an den Nagel gehängt, der alte Trainer Kurt Held war verstorben und die Jungs waren auf DDR- Niveau nicht mehr konkurrenzfähig. Das tat schon ein bisschen weh, denn damit gab es auch keine Sportlerbälle mehr, aber dafür trainierte Micha jetzt, wie schon erwähnt, verstärkt beim Geräteturnen und im Kraftraum. Dazu kam auch noch seine Entscheidung bei der Musterung sich für die Fallschirmjäger zu entscheiden, das war zwar ein harter dreijähriger Ehrendienst, der, wenn alles klappte, auf ihn zukam, aber die Eliteausbildung hatte für ihn auch seinen Reiz. Es gab aber damit auch drei Dinge, die er machen musste, zum einen hieß das mindestens die Grundausbildung für zukünftige Fallschirmjäger, das waren neben der Ausbildung am

Boden mindestens 12 Fallschirm- Sprünge entsprechend eines Schwierigkeitsplanes zu absolvieren, die Fahrerlaubnis Klasse 5, also die für LKW im Vorfeld abzuschließen und eine Tastfunkerausbildung zu machen. Das waren nicht gerade leichte, aber auch irgendwie reizvolle Herausforderungen. Zuerst hieß es natürlich Theorie, Theorie und nochmals Theorie, die dann vor dem ersten Sprunglehrgang schriftlich abgefragt wurde.

Mit der Theorie hatte Micha zu vor noch nie Probleme und so war es nur eine Frage der Zeit, diese Indus zu haben.

Zu seinem ersten Sprunglehrgang das Jahr darauf, kam er, wie so oft, natürlich zu spät, die Anreise nach Oppin mit Bahn und Bus hatte er zeitlich unterschätzt. Das Ergebnis war, dass Micha seine Prüfung allein schreiben musste, keiner war da zur „Konsultation". Die Prüfung bestanden, musste er nun einen Fallschirm packen, auch das hatte er zuvor nie gemacht und kannte den Ablauf des Fallschirmpackens nur aus dem Lehrbuch. Da die Zeit schon fortgeschritten war, hatte er hierbei auch nur wenig Hilfe. Eine Sprungschülerin half ihm bei den entscheidenden Stellen. Diesen Schirm gepackt, vom Fallschirmwart flüchtig kontrolliert, schnallte er sich auf den Rücken und ging zum Flugzeug, einer AN 2, die damals übliche Ausbildungsmaschine. Ihr Vorteil war die ausreichende Fluggeschwindigkeit und Flughöhe, die der Flugkörper trotz seines fortgeschrittenen Alters noch erreichte und auch war sie sparsam im Spritverbrauch. Gemeinsam mit noch weiteren fünf Sprungschülern bestieg er das Flugzeug, zwei hübsche Mädchen waren auch dabei und da war es natürlich für ihn eine Frage der Ehre diesen ersten von ihm selbst gepackten Fallschirm in 1000 Meter Höhe nach Aufforderung des Absetzers auch abzuspringen. Nachdem der Schirm sich geöffnet hatte, ging sein erster Blick nach oben, dort schien alles in Ordnung zu sein und so konnte er den Sprung genießen, laut sang er vor Freude, das war schon ein erhebendes Gefühl so zwischen Himmel und Erde dem Boden entgegen zu sinken, einfach nur herrlich.

Stolz wie Bolle fuhr Michael noch am Abend nach Hause und berichtete seinen Eltern von dem erhabenen Gefühl. Seine Mutter konnte das natürlich nicht nachvollziehen, wie man sich freiwillig in so eine Gefahr begeben konnte, aber Micha war 18 und da interessierten ihn ihre Einwände einen feuchten Dreck. Sein Vater war, das fühlte er, stolz auf ihn und das tat ihm gut. Die Nacht war kurz, denn am nächsten Morgen wollte er wieder pünktlich in Oppin auf dem Flugplatz sein, er hatte jetzt Blut geleckt und wollte mehr.

In den zwei Jahren, die ihm noch bis zu seinem Ehrendienst verblieben, sprang er 30mal mit dem Fallschirm, nicht alle klappten vorschriftsgemäß, einmal landete er auf dem Dach der Flugzeughallen, ein anderes Mal erschlug er fast bei der Landung eine Bäuerin beim Rübenhacken, mehrmals trieb es ihn doch mehrere Hundert Meter vom Zielkreuz ab, versuchte sich im freien Fall und kollidierte beim Gruppensprung mit anderen in der Luft. Aber runter gekommen ist er immer, bei der Abschluss- Übung sogar mitten auf einer Kuhweide, die Tiere waren nicht begeistert und er tat gut daran, schnellstens die Weide zu verlassen. Die Abschluss-Übung fand übrigens im Harz statt. Sie sind von Oppin aus mit der AN 2 hingeflogen und bei Siptenfelde abgesprungen. Per Fußmarsch im Gruppenverband ging es dann auf Umwegen Richtung Ballenstedt, wo sie am zweiten Tag abends auf dem dortigen GST- Flugplatz ankamen und vor deren Höhlenbar nach reichlich Biergenuss im Gras nächtigten. Es war warm, es war Sommer. Am nächsten Morgen ging es auf den naheliegenden Schießstand, wo sie mit der KK- MPi rumpallerten.

Bei dieser Abschluss- Übung eröffnete Micha der Ausbilder, dass er nun doch nicht zu den Fallschirmjägern kommen werde, da er einen Teil der Ausbildungstermine aufgrund seiner zeitgleich stattfindenden Abiturprüfungen nicht wahrnehmen konnte, wurde er kurzer Hand gegen seinen Neffen ausgetauscht. Aber was soll's, Micha war zwar enttäuscht, aber wer weiß, wofür das gut war.

Parallel zum Fallschirmspringen besuchte Michael die Fahrschule, auch bei der GST, denn das kostete ihn nur 90,- Mark. Die Theorie war wöchentlich eine Doppelstunde und zog sich im schleichenden Tempo über das ganze Winterhalbjahr hin. Nach bestandener Theorie- Prüfung, ging es rauf auf den Bock, sie übten mit einem W50. Die erste Fahrstunde machten sie auf dem Gänseanger, den kannte Micha noch vom GST- Gelöbnis. Hier drehten sie ihre Runden, übten anfahren, anhalten, schalten, dabei wurde auf Zwischenkuppeln Wert gelegt, das macht heute keiner mehr, war aber schonend fürs Getriebe. Auch musste Micha tatsächlich Gänse vertreiben, auf die Lichthupe haben die aber nicht reagiert und so empfahl ihm der Fahrlehrer doch die akustische Hupe zu nutzen, peinlich, aber was soll's, es war ja seine erste Fahrstunde, da durfte man ruhig solche Fehler machen.

Bei der zweiten Fahrstunde ging es schon auf die öffentliche Straße. Zuerst machten sie Leuna unsicher, später ging es nach Merseburg. Den Großteil der Fahrstunden absolvierte er aber im Straßenverkehr von Halle. Bald kannte er jedes Verkehrszeichen, denn wenn man mal eins übersah, hieß es anhalten und zurück, das Schild putzen. So war es nicht zu verdenken, dass alle Fahrschüler innerhalb kurzer Zeit sehr aufmerksam im Straßenverkehr sich bewegten. Zur Überlandtour ging es dann an einem Sonnabend in den Harz nach Ballenstedt, wo sie zum Mittag im Harzer Hof einkehrten. Auf der Rückfahrt durfte Micha mit Tempo 110 auch mal einen PKW überholen, sein Fahrlehrer lächelte nur, an diesem Tag hatte Michael Narrenfreiheit, er hatte Geburtstag.

Die Fahrprüfung verlief dann auch ganz cool, er durfte als Letzter ran und fuhr den LKW mit Anhänger von Halle nach Merseburg, der Prüfer war auch nicht mehr sehr aufmerksam, denn ein anstrengender Arbeitstag für ihn ging zu Ende, so hatte Micha ohne besondere Vorkommnisse seine Prüfung bestanden. Er war natürlich auch ein bisschen stolz drauf, denn schließlich ist er zuvor nur Fahrrad gefahren.

Das letzte Lehrjahr arbeiteten alle in 12-Stunden Schichten, bekamen Nachtschichtzuschläge und somit auch ein höheres Lehrlingsendgeld. Geld konnte man als junger Mensch immer gebrauchen.

Die Lehrausbildung fand für sie im Bereich Erdöl- Olefine statt, sie waren bei der Hochdruckpolyethylen- Herstellung in der Konfektionierung tätig und somit tagtäglich beschäftigt Granulat abzufüllen, einzulagern und zu verladen, ein geistig weniger aber dafür körperlich anspruchsvoller Job, aber sie waren jung, gesund und kräftig, die Arbeit störte sie nicht, im Gegenteil, Micha nahm es als Sport. In den Nachtschichten hatten sie des Öfteren wenig zu tun, also spielten sie „Knack" und tranken gelegentlich Bier, das war zwar verboten, aber so lange der Meister mitmachte, hatten sie wenig zu befürchten.

Michas große Flamme war damals Gudrun, für ihn die Klassenschönste, aber sein Hochgefühl dauerte nur ein paar Monate. Angefangen hatte das eigentlich mit Albernheiten im Labor. Beide hatten ihren Arbeitsplatz gegenüber und so blieb es nicht aus, dass sie sich stundenlang gegenüberstehend beobachten konnten, stimmten ihre Versuchsergebnisse miteinander ab, halfen sich gegenseitig, wenn es bei einem von beiden mal nicht so richtig lief. Bald waren sie ein eingespieltes Team, was sich auch gegenseitig mit Nettigkeiten überhäufte. Sie war attraktiv, hatte eine super Figur, ein hübsches Gesicht, aber nicht zu toppen war ihre sanfte Art. Er konnte seine Augen nicht von ihr lassen und auch wenn ihre Arbeitsanzüge nicht gerade dem modischen Schick entsprachen, war sie für ihn das Abbild einer Göttin, seiner Göttin und so war es nur eine Frage der Zeit bis auch bei ihr der Funke übersprang. Sie konnten einfach nicht mehr voneinander lassen.

Das ging bis Weihnachten gut, aber dann war Heiligabend, ihre Eltern hatten Nachtschicht, beide arbeiteten auch im Leuna-Werk. Sie beschlossen den Heiligabend gemeinsam miteinander zu verbringen, zumindest einen Teil davon. Als Micha seinen Plan für den Abend zu Hause verkündete, war die Aufregung groß, Weihnachten, das Fest der Familie, da kann man doch nicht außerhaus gehen, nein, das geht ja nun wirklich nicht und der Dussel ließ sich von seinen Eltern beeindrucken, verbrachte, wie jedes Jahr, den Abend im Kreise der Familie, war zwar in Gedanken ständig bei Gudrun, körperlich jedoch im Amselweg. Nein, das konnte nicht gut gehen, so eine Braut allein zu lassen, auf was für ein Vergnügen hatte er damit verzichtet, nicht zu verstehen aus heutiger Sicht, aber auch wie egoistisch von seinen Eltern.

Als er sie zur Sylvester Party dann auch noch zu wenig beachtete, zog sie mit seinem besten Kumpel, Bia, ab und er schaute blöd aus der Wäsche. Am Neujahres- Morgen kam Bia zu ihm und endschuldigte sich für sein Rumgeknutsche mit Gudrun. Er nahm's äußerlich gelassen, war ja selber dran schuld, so ein Mädchen darf man nun mal nicht an so einen Abend vernachlässigen, aber er war halt noch in der Liebe zu unerfahren. Gudrun ging später mit Winnie, heiratete aber letztendlich O, einen nicht ganz unvermögenden Jungen aus ihrer Nachbarschaft.

Aber zurück zur Lehrzeit, Bia verliebte sich in Christel, einer blonden Schönheit aus ihrer Klasse, sie saß im Unterricht direkt hinter Bia und Micha, denn die Beiden waren natürlich Banknachbarn. Mario, der Dritte in ihrem Bunde, suchte sich ein Mädel aus der Parallelklasse, die er später auch heiratete.

Auch besuchten Mario und Micha im Herbst 1973 die Tanzschule. Für die kleinen Mädchen dort, waren sie schon mit ihren 18 Jahren zu alt. Bias Schwester war auch dabei. Allerdings brachen Beide kurz vor dem Abschlussball die Tanzschule ab, das wollten sie sich dann doch nicht antun.

Auch hatte Micha nochmal das Vergnügen zu Ostzeiten Renft live zu erleben, sie spielten in Leuna im Klubhaus, war schon super und schön anzusehen, wie die Jungs auf der Bühne sturz besoffen immer noch gut ihre Instrumente beherrschten.

Wenig später sah er auch noch dort live Manfred Krug mit Günter Fischer und ein anderes Mal Neumis Rockzirkus auf der Bühne.

Das ist erwähnenswert, weil die Musiker wenige Monate später die Republik gen Westen verlassen haben und somit sie im Osten auch im Radio nicht mehr gespielt wurden.

Im Sommer 1974 war dann auch die Auszeichnungsreise für Micha in die CSSR, nach Most, bzw. ein Zeltlager, welches der Partnerbetrieb im Riesengebirge nutzte. Es waren zwei Wochen zusätzlicher Urlaub mit Ausflügen nach Liberecs in den Botanischen Garten und natürlich auch nach Prag. Aber den größten Teil der Zeit verbrachten sie in ihrem Zeltlager, ein See war auch in der Nähe, sie machten viel Sport, spielten Fußball und verspeisten zum Mittag meist Knödlig. Die Auszeit tat ihm gut, natürlich hatte er auch dort eine Freundin, aber das war harmlos.

Anschließend fuhr die Clique gemeinsam zum Zelten in die Nähe von Alt Schwerin nach Plau am See. Mit von der Partie waren Bia mit Christel, Mario mit seiner Flamme, die Schwester von Bia, Norbert, ein Kumpel aus der Nachbarschaft der auch, wie Bia, Mitglied der Jungen Gemeinde war und Micha. Mit drei Zelten sind sie nach Mecklenburg gefahren und bauten die Zelte auch gleich am Seeufer auf. Da lag auch ein altes Ruderboot vor Anker, was sie als Bootssteg nutzten. Um ihren Platz zu komplettieren, bauten sie einen Tisch mit Bänken, als Tischplatte diente die Sitzfläche von einem Plumpsklo, die sie gut reinigten, das Loch mit einem Verkehrsschild verschlossen und wegen der Hygiene noch mit Folie überzogen, fertig war ihr Esstisch. Daneben bauten sie ein Regal als Ablage für Töpfe und Teller und für ihren Spiritus- Kocher. Auch galt das Ganze noch als Windschutz und Begrenzung für ihre Küche unter freiem Himmel. Der Urlaub war fantastisch, abends zogen sie gelegentlich nach Alt Schwerin, dort war das einzige Restaurant weit und breit. Nicht wie in Thüringen, wo jeder Ort mehrere Restaurants und Kneipen hat, war es damals in Mecklenburg, hier gab's im Durchschnitt auf fünf Ortschaften ein Restaurant. Tja, das war halt im Osten so. Einmal machten sie eine mehrtägige Wanderung nach Waren an der Müritz, übernachteten in einem Zeltkino im Urlauberdorf Klink und marschierten im Morgengrauen weiter nach Waren. Zum Mittag aßen sie dort im Broiler- Restaurant, was Bia aus den Jahren zuvor kannte und ihnen wärmstens empfahl. Das war eine gute Wahl, denn Broiler waren in der DDR ein Highlight und nicht mit den überwürzten, fettigen Bratgeflügel, was einem jetzt im Westen angeboten wird, zu vergleichen. Am See, in der Fischkneipe, gab's dann natürlich noch traditionsgemäß das obligatorische Fischbrötchen.

Micha kannte ja Waren an der Müritz noch von einem Urlaub mit seinen Eltern, aber mit den Kumpels hier zu sein, war natürlich was ganz anderes. Der Zelturlaub gefiel ihnen super, blieb allerdings einmalig, denn nach der 13. Klasse trennten sich nach dem Abi-Ball ihre Wege.

Bia ging nach Magdeburg zum Studium der Wasserwirtschaft, Mario und Micha arbeiteten noch bis zur Einberufung in Leuna.

Für Micha begann eine neue Zeitrechnung, sein Ehrendienst bei der Nationalen Volksarmee (NVA) stand bevor. Aber zuvor nutzte er noch die Möglichkeit den Faschingsauftakt an der Ingenieur- Hochschule (IHS) in Köthen wahrzunehmen, auch war das ein Wiedersehen mit einer Reihe seiner ehemaligen Mitschülerinnen, die hier Lebensmitteltechnik studierten. Sein Bruder Heino hatte ihn dazu eingeladen, denn er studierte an der IHS Anlagenbau und wollte ihm auch bei der Gelegenheit seine neue Flamme, Lara, vorstellen.

Wie Micha langsam zum Mann heran reifte

Zum Abschied von der „bunten Welt" tourte er noch mal durchs Land, war in Magdeburg zum Fußballspiel „1. FCM gegen Hansa Rostock". Damals spielte Joachim Streich noch für Rostock und wurde als „Schweine Streich" ausgepfiffen. Das Spiel gewann Magdeburg, sie waren damals unumstritten in der DDR die Nr. 1, hatten ja auch 1974 den Europa- Pokal gewonnen. Nach Magdeburg besuchte er noch mal Köthen, Heino hatte für ihn und seine Freundin ein Zimmer besorgt und so konnte er mit seiner Flamme mal eine super sexy Nacht verbringen.

Dann fuhr er für fünf Tage zu seinem Onkel Gunther und Tante Hilde nach Mecklenburg, genauer gesagt in ihr Bootshaus am Neustädter See. Der Bungalow war moderner und exquisiter eingerichtet als die Wohnung seiner Eltern und die hatten schon für damalige Verhältnisse einen guten Standard. Am Tag waren sie meist mit dem Boot auf dem See, Micha übte sich mit gutem Erfolg im Wasserski fahren, abends tranken sie Whisky 99 und fuhren raus zum Nachtangeln. Ja, das waren schon für Micha exquisite Tage. Auch verstand sein Onkel nicht, warum er Chemiefacharbeiter geworden war und nicht KFZ- Schlosser, wäre dann bei ihm in die Lehre gegangen, aber diese Möglichkeit hatten Micha seine Eltern vorenthalten, wahrscheinlich wollten sie ihren Kleinen, wie sie ihn noch immer des Öfteren nannten, noch nicht in die Fremde ziehen lassen. Wer weiß, wie dann sein späteres Leben verlaufen wäre.

Was soll's, da hilft auch jetzt kein Jammern mehr.

Sein gemütlich eingerichtetes Zimmer unterm Dach konnte in Zukunft seine Schwester nutzen, er ging ja nun für drei Jahre in die Fremde und sie hatte bisher kein eigenes Zimmer. Zum Abschluss schenkte er ihr als Erinnerung einen braunen Plüschaffen, so war er auch weiterhin immer präsent.

Der November 1975 war ran gerückt, Micha wurde einberufen. Mit einem Sonderzug fuhren sie nach Bad Düben, der Unteroffiziersschule der Luftstreitkräfte.

Auf dem Gelände gab es einen großen Appellplatz. Um ihn herum standen 5geschössige Neubauten, in die sie einquartiert wurden. Es fand eine Untersuchung beim Allgemeinmediziner und ein persönliches Gespräch zur Rolle der Bedeutung statt, es galt wohl der Motivation. Seine Motivation hatte danach seinen Tiefpunkt erreicht, denn schon der Gedanke daran, das nächste halbe Jahr hier gedrillt zu werden, reichte ihm für den Anfang.

Zum Glück kam dann alles ganz anders.

Ein Major mit seinem Stabsfeldwebel war angereist und durchforstete die Akten der Neuzugänge. Micha und einen weiteren, ziemlich großen jungen Mann, hatte er auserwählt für seine Spezialeinheit. Micha sagte sofort zu, denn noch eine Nacht in Bad Düben wollte er nicht erleben und so fuhren sie mit ihren Seesäcken auf der Ladefläche eines LO in Richtung Osten nach Cottbus. Sie wussten zwar nicht, was sie hier erwarten würde, aber es schien auf jeden Fall angenehmer zu sein als die Ausbildung auf der Unteroffiziersschule in Bad Düben.

Nach nur einer Nacht in ihrer zukünftigen Dienststelle ging es am nächsten Morgen weiter nach Altenberg zur Grundausbildung. Beide wussten zwar immer noch nicht, was sie mal später machen werden, aber das war im Moment auch nicht wichtig. Es musste wohl sehr geheim sein, sonst hätte man ja wenigstens eine Andeutung machen können, Micha ahnte nur so viel, dass es irgendwie mit Fotografieren zu tun haben musste, denn das war eine Frage von dem Major noch in Bad Düben, ob er denn mit einem Fotoapparat umgehen kann. Viel Erfahrung hatte er noch nicht damit gemacht, aber er war schon immer neugierig und lernwillig, also was sollte schon groß passieren, das Risiko, welches er einging, erschien ihm gering.

Tja, in Altenberg kam sich Micha dann doch ein wenig veralbert vor, denn hier waren vorrangig Reservisten zur Erstausbildung, also aus seiner Sicht alte Männer und das, wo er doch durch Geräteturnen, Kraftsport und Fallschirmspringen topp drauf war, das war für ihn der erste Schritt zur Alterslähmung, die so langsam dahin wandelnden alten Mumien, was sollte das werden. Na schauen wir mal, wird wohl mehr ein Urlaubsspaziergang.

Und dazu kam noch, dass das eigentlich gar kein militärisches Objekt war, sondern im Sommer als Kinderferienlager diente.

Also war es doch mehr Urlaub, als straffe militärische Grundausbildung.

Viel passierte da nicht mehr, Micha kam sich streckenweise vor, wie auf der „Fritz Heckert", dem Urlauberschiff des FDGBs (Freier Deutscher Gewerkschaftsbund).

Der Politunterricht war einschläfernd, fast nur bla, bla und ein paar sozialistische Parolen. Da das hier eine Ausbildungskompanie vorrangig für Funktechnik- Stationen war, wollten sie der Ausbilder auf den Dienst dort langsam einschwören. Dass alle im Alarmfall schon nach fünf Minuten an ihren Geräten sitzen sollten, wollte Micha nicht in den Kopf, da blieb ja gar keine Zeit zum Zähneputzen, seine Anfrage diesbezüglich wertete der diensthabende Offizier doch glatt als Provokation, Micha schaute ihn nach seiner Schreiattacke nur kopfschüttelnd an.

Die praktische Ausbildung konnte Michael auch nicht vom Hocker reißen, das ewige Rummaschiere nervte ihm schon bei der GST, konnte sich noch gut dran erinnern, wie er damals den Zugführer zur Verzweiflung brachte, nur weil er die Befehle so ausführte, wie der Zugführer sie falsch formuliert hatte. Micha war damals ein wenig arrogant und ließ das seinem Gegenüber auch bei jeder Gelegenheit spüren, er war halt noch jung und unerfahren im Umgang mit Vorgesetzten.

Dann kam die Vereidigung, das Beste daran war das Festessen und endlich mal wieder eine Flasche Bier trinken. Ausgang bekam er nicht, denn von seinen Angehörigen war keiner zu dieser Feierlichkeit angereist. Das störte ihn aber wenig, denn eine Reise ins Erzgebirge wegen wenigen Stunden des Wiedersehens wollte sich keiner antun.

Danach begann auch die Ausbildung an der Waffe, was heißt schon Ausbildung, meist stand nur das Putzen der Braut des Soldaten, der Kalaschnikow, auf dem Plan.

Es war tiefster Winter im Erzgebirge und Micha sah mal wieder Schnee, viel Schnee, viel tiefen Schnee. Wenn sie sich in ihren dicken Wattekombis durch die Wälder bewegten, stampften und gelegentlich kullerten, war das bestimmt lustig anzusehen, wie die kleinen Soldaten in den meist viel zu großen Winterdienstuniformen, mit einem Stahlhelm auf dem Kopf und dem Sturmgepäck auf dem Rücken, sich durch die Schneewehen quälten. Kalt war ihnen dabei nicht. Aber es kam noch besser. Um den Atomalarm zu üben, hatten sie so komische Schutzanzüge, oder besser gesagt silbergraue Folie-Decken, die sie um den Körper über die Uniform knöpften, mit so langen Gummistiefeln die mit Folie- Schläuchen verschweißt waren, die dann unter dem Folie- Sack rausschauten. Auf dem Kopf vor dem Gesicht hatten sie eine Gasmaske und darauf noch den Stahlhelm, so ungefähr müssen Außerirdische aussehen, wenn sie von weit her aus dem All die Erde bevölkern. Und das tolle daran war, das es noch eine Normzeit gab, sich diese Kostümierung anzutun, man sollte ja den Atomschlag überstehen, um dann den Aggressor vernichtend zu schlagen. Oh war das ein Hochgefühl und eines Tages, wie sollte es auch anders sein, mussten alle in diesem Schutzanzug unter der Maske schwer atmend, den schon mit leichtem Gepäck schwer fallend, steilen Anstieg von Altenberg, der sonst zur Abfahrt diente, hinauf. Als Micha dann oben war und den hochroten Kopf des diensthabenden Unteroffiziers sah, nahm er die Maske ab und musste lachen. Das wurde ihm natürlich wieder als Überheblichkeit gegenüber den Reservisten ausgelegt und er geriet in Erklärungsnot, stammelte dann so etwas wie eigene Freude über den geschafften Aufstieg. Ihm glaubte zwar keiner, aber das Gegenteil konnten sie ihm auch nicht beweisen.

Zum Glück gab es dann doch noch für Freiwillige, wo zu er sich sofort bereit erklärt hatte, am Wochenende Arbeitseinsätze in einem nahegelegenen Betrieb.

Sie bauten einen Boden als Sport- und Freizeitraum mit einer Kegelbahn aus, veranstalteten auch anschließend ein Probekegeln, denn sie wollten ja wissen, ob die Bahn auch was taugte.

Um die Jungs bei Laune zu halten, gab es super Festessen, große Schnitzel, die fast über den Tellerrand reichten, dazu ein Verdauungsbier und wegen der Kälte reichlich Tee mit Schuss. Sie fühlten sich pudelwohl, es war ja auch Wochenende.

Der Betriebsleiter äußerte sich sehr positiv über diesen Arbeitseinsatz und so durften sie dann auch das nächste Wochenende wieder in den Betrieb als Baubrigade.

So verging die Zeit der A- Kompanie auch ziemlich schnell und ein Teil, Jochen und Micha inbegriffen, wurde an die polnische Grenze verlegt, zu einen stillgelegten Grenzer-Stützpunkt. Die ersten Tage war Aufräumen und Großreinemachen angesagt. Sie sollten in ein 10- Bettzimmer untergebracht werden. Doch dann erfuhr man aus den Unterlagen, dass Jochen und Micha Unteroffiziersschüler sind und so bekamen sie ihre blauen Bändchen auf die Schulterstücke und zogen in ein 4- Bettzimmer zu zwei anderen Schülern.

Auf dem Programm stand hier die Militär-kraftfahrer- Ausbildung. Zuerst wurde wieder Theorie gepaukt und nach bestandener Prüfung ging es auf die großen Militärkraftfahrzeuge. Micha war für das Führen eines Urals vorgesehen. Der war schon eine Nummer größer als der W50, auf dem er Fahren gelernt hatte.

Und so hatte er auch anfangs seine Schwierigkeiten, besonders mit dem Halten der Spur, er fuhr regelrecht die erste Zeit im Zick Zack. Aber was soll's, das geht wohl anderen ähnlich. Der Unteroffizier der ihm als Fahrlehrer zugeteilt war, konnte ihn anfangs auch gar nicht leiden, warum wusste Micha nicht, vielleicht weil er Unteroffiziersschüler war und er somit einen höheren Anspruch an ihn stellte. Egal, sie drehten ihre Runden, fuhren ins nahe gelegene Gelände, auch regelrecht durch Sandgruben, Micha musste ja schließlich auch die Fahrt durchs schwere Gelände beherrschen, verunsicherten die nahe gelegene Stadt Forst und hatten dann nach sechs Wochen ihre Fahrprüfung. Der Fahrprüfer, ihr Hauptfeldwebel, so ein kleiner Abgebrochener, war richtig wütend, provoziert durch die Fahrweise der Fahrschüler. Micha kam mal wieder als Letzter dran, aber damit hatte er ja schon bei der GST gute Erfahrung gesammelt, auch ging es zurück zum Ausbildungsobjekt. Der Hauptfeldwebel war mehr mit der Auswertung der einzelnen Prüfungsleistungen beschäftigt, als mit seiner Fahrweise und so bestand Micha ungefährdet auch diese Prüfung.

Nun ging es nach zehn Wochen endlich zurück zu seiner Einheit nach Cottbus. Und da Jochen und Michael in der Zwischenzeit von der Staatssicherheit überprüft und als geeignet empfunden wurden, erfuhren sie jetzt auch, um was für eine Einheit es sich handelte, bei der sie ihren Ehrendienst ableisten durften. Es handelte sich um eine Kommando- Einheit, die direkt Strausberg unterstellt war und die Luftaufklärung zur Aufgabe hatte. Sie waren jetzt also Aufklärer im Auftrage des Volkes und fertigten Luftbilder, sowohl für den topografischen Dienst, als auch zur Vermessung des Braunkohleabbaus in weiten Teilen der DDR. Natürlich funktionierten sie auch bei der militärischen Aufklärung und das nicht nur zu Übungszwecken.

Micha bekam also neben der Ausbildung als Militärkraftfahrer auch die Ausbildung als Luftbildfotograf. Er war allerdings nicht mit dem Fotografieren aus der Luft beauftragt, sondern musste dafür im Labor sorgen, dass verwertbare Luftbilder den Aufklärern zur Verfügung gestellt wurden.

Ein Highlight seiner Ausbildung als Fotograf war ein Farbbildlehrgang an der Color-Schule in Wolfen. Untergebracht waren sie in einem zivilen Hotel am Marktplatz von Bitterfeld. Dort teilte Michael sich mit seinem Fähnrich ein Zimmer. Micha war als Unteroffiziersschüler natürlich der niedrigste Dienstgrad. Für den Großteil der Kursteilnehmer schien das auch mehr ein zusätzlicher Urlaubsausflug zu sein, zumindest haben sie anschließend nie wieder versucht labormäßig Farbfotos zu entwickeln, egal ob additiv oder subtraktiv.

Micha hat dieser Lehrgang eine ganze Menge gegeben, auch war er derjenige, der dann zurück in Cottbus mit der zukünftigen Fertigung von Farbbildern beauftragt wurde. Dazu bekam er ein eigens Labor, denn Geld hatte die Armee, Platz in ihrem großzügig eingerichteten Gebäude auch und so fertigte Micha von fort an Farbfotos. Auch durfte er am Wochenende privat das Labor nutzen, einzige Voraussetzung war, die gefertigten

Bilder am drauf folgenden Montag mit seinem Vorgesetzten, meist dem Major persönlich zu diskutieren und die Farbqualität zu bestimmen. Micha wurde immer besser und die Aufträge immer anspruchsvoller.

Im Sommer 1976 heiratete sein Bruder Heino seine Lara. Die Feier fand in Merseburg statt und so lernten sie auch die Familie von Lara kennen. Die Hochzeitsfeier war auch für Micha eine willkommene Abwechslung vom tristen Dienst im grauen Rock, aber dass er nicht alles in den paar Urlaubstagen vergesse, hatte er einen Fotoapparat im Gepäck und fotografierte eifrig das bunte Treiben.

Während der Krankheit des Fotolaborchefs musste Micha ihn vertreten und das monatelang. Dazu kam, dass er bei einem anstehenden Manöver auch die Befehlsgewalt für seinen Foto- Zug hatte, das war schon eine Herausforderung und Fehlentscheidungen schmerzten doppelt. Was auch ihm passierte, denn für eine Fotomontage, zu der ein Film mit ca. 50 Bildern entwickelt und Fotos davon gefertigt werden sollten, entschied er sich für eine Kopiermaschine, welche allerdings bei falscher Einstellung die Bilder verzerrte und so geschah es auch. Die Bilder waren Ausschuss und mussten von Hand neu gefertigt werden, das kostete wertvolle Zeit und so verspielte Micha die erhoffte Zeiteinsparung durch die Maschine und sie brauchten länger. Schade, denn das kostete ihnen letztendlich den Wettbewerbssieg. Der Major tröstete Michael dann allerdings im Nachgang, er hätte auch so entschieden, denn es hätte ja auch klappen können und er war ja doch auch blos ein verhältnismäßig unerfahrener Unteroffizier.

Während seiner Armeezeit hatte er sich ein Motorrad gekauft. Die Fahrschule machte er zuvor beim Kraftverkehr, also im Zivilen, war zwar selten, dass das ein Soldat machte, aber verboten war es nicht.

Mit dem Motorrad begann für Micha eine neue Zeitrechnung, mobil zu sein, sowohl im Ausgang, als auch im Urlaub war doch schon was anderes, er spürte eine gewisse Leichtigkeit und wenn er mit 120 km/h über die Landstraßen brauste, fühlte er sich, als würde er fliegen. Auch landete er schon mal im Straßengraben, aber bis auf ein paar Beulen am Motorrad war nichts zurückgeblieben.

Des Öfteren fuhr Micha jetzt zu seiner Verwandtschaft nach Senftenberg, war bei Tante Friedel und Onkel Kurt immer gern gesehen, auch lebten da seine Großeltern
mütterlicherseits noch. Sie wohnten auch
dort in Senftenberg am Kirchplatz.

Das war nicht immer so, denn eigentlich kamen sie aus Schlesien und mussten am
Kriegsende ihre Heimat verlassen, gingen
nach einem Anderthalbjahr Internierung in
der CSSR nach Mecklenburg. Dazu muss
man erwähnen, dass seine Großeltern acht
Kinder hatten und auch die vier Kinder ihrer
Schwester, welche im Krieg verstarb, mit-
nahmen und aufzogen. Sein Großvater ging
dann als Gleisbauer nach Sachsen und
brachte seine spätere Mutter in einer Gast-
wirtschaft in St. Micheln unter, wo sie dann
seinen späteren Vater kennenlernte und
1950 heiratete.

Auch verbrachten sie als Kinder dann gelegentlich ein Teil ihrer Sommerferien in Mecklenburg in Neu Kaliß.

Später in den 70ern nahm dann seine Tante
Friedel ihre Eltern mit nach Senftenberg, um
sie besser betreuen zu können.

Michael nutzte auch im Sommer regelmäßig die Zeit für ein Bad im Senftenberger See. Auch mit Jochen, der auch ein Motorrad besaß, war er jetzt des Öfteren in Hoyerswerda, oder bei den seltsamen Schwestern in Witchenau, die hatten eine kleine Kneipe mit eigen gebrautem Bier.

Beim gemeinsamen Ausgang durfte das Motorrad auch nicht fehlen und wer am wenigsten getrunken hatte, musste sie dann nach Hause bzw. zurück in die Unterkunft fahren. Einen Weg vorbei an der Eingangskontrolle über die Felder und durch ein Loch im Zaun auf dem Flugplatzgelände hatten sie auch gefunden. Ihr Bier ins Objekt zu bringen, war damit auch kein Problem mehr. Das triste Soldatenleben genossen sie dann regelmäßig mit Gegrillten, das Fleisch lieferte die Küche, denn die wollten ja auch hin und wieder, dass sie ihre privaten Filme entwickelten, bei ein oder vielleicht auch zwei schön gekühlten Blonden. So ließ sich die Zeit am Wochenende auch mal in der Kaserne ertragen, manchmal kam auch einer der Stabsfeldwebel mit frischem Fisch, den sie dann gemeinsam räucherten.

Aber bei der Armee wurde nicht nur gefeiert, sie hatten auch einen straffen Tagesablauf, wozu am Wochenende auch die Bereitschaft zur Entwicklung der Filme von Vermessungsflügen für die Braunkohle gehörte. So war es auch nicht verwunderlich, dass sie eine Patenbrigade, die Vermesser von der Markscheidetechnik, hatten. Mit ihnen machten sie dann auch regelmäßig gemeinsame Brigadeabende, entweder in der Bildstelle, oder bei ihnen in Hoyerswerda.

Jeder der 6 Unteroffiziere, Soldaten hatten sie nicht, fuhr einen der LKWs, ein MAS, ein LO, ein Trabant Kübel und vier Urals, jeweils, außer dem Trabi, mit Anhängetechnik, vom Stromaggregat, über einen Wasserwagen bis hin zu Anhängern, die sowohl Material, Zelte und die VS- Stelle transportierten.

Das Micha jetzt so locker darüber berichten darf, liegt auch daran, dass sein Ehrendienst schon lange her ist und die NVA auch nicht mehr existiert, die Geheimhaltung ist somit aufgehoben.

Auch hatte er als ordentlicher Unteroffizier eine Patenklasse, die Klasse an der Erich-Weihnert- Schule, die seine Mutter als Klassenlehrerin leitete. Micha besuchte die Klasse auch regelmäßig, versorgte sie mit Fotos von den Soldaten und berichtete den Schülern von dem anstrengenden Dienst bei der NVA um den Frieden täglich zu schützen.

Einmal im Monat wurden die Fahrzeuge bei ihnen in der Dienststelle gewartet und einmal im Jahr eine Woche lang auf Hochglanz poliert, alles gut abgeschmiert und mögliche Rostflecke beseitigt. Das war immer die große Zeit ihres körperlich Kleinsten, den Schirrmeisters, der da das Sagen hatte.

Eine Weiterbildung gab es natürlich auch, neben den montägigen Politgesprächen, legten sie auch die Quali- Spange III und ein Jahr drauf auch die II ab, das Militärsportabzeichen und die Schützenschnur standen auch auf der Agenda. Nicht zuletzt das Besten- Abzeichen, was Micha während seiner Dienstzeit auch erhielt, aber am meisten wurde er mit „der Tilgung einer Strafe" geehrt. Meist war das wegen Verstoßes gegen die Uniform, denn er hatte keine Lust auch noch im Ausgang wegen der Uniform genervt zu werden und so gehörte es zur Selbstverständlichkeit, dass er Zivilsachen am Standort hatte und wenn nicht im Objekt, weil gerade mal wieder aufgeflogen, dann doch bei einer Freundin. Das war alles nur eine Frage der Organisation.

In ihrer Unterkunft, die grundsätzlich aus Zweibettzimmern bestand, Sanitärräume, ein geräumiger Klubraum mit Fernseher und das UvD- Zimmer gehörten auch dazu, waren am Ende des Flures die Fahrer des Militärstaatsanwaltes untergebracht. Das hatte den Vorteil, dass sie bei Bedarf auch einen zivilen Wartburg zur Verfügung hatten. Den nutzten sie dann auch regelmäßig als Heimholer, oder zu Extratouren, wie einmal um zu einer privaten Silvesterparty zu kommen. Micha war an diesem Tag UvD und durfte sowieso nicht so viel trinken, also fuhr er den Wartburg. Das diente ja schließlich auch alles zur Verbesserung seiner Fahrpraxis, denn über das Jahr bot sich sonst nicht allzu oft die Möglichkeit.

In seinem Sommerurlaub fuhr er nach Verch an den Kummerower See, wo seine Eltern einen Bungalow angemietet hatten. Von dort aus ging es weiter nach Neustadt Clewe zu seinem Onkel Günter du Tante Helga. Dass sich dort zeitgleich Westverwandtschaft zu Besuch befand, wusste er nicht, nur dass sein Westonkel bei der Landesregierung arbeitete. Er und auch Micha durften sich diesen Kontakt nicht leisten und so hielten auch beide weitgehend Abstand voneinander, soweit das auf dem engen Raum möglich war. Sie tranken gemeinsam, verloren dabei aber kaum ein Wort. Was Michael seinem Westonkel allerdings beibrachte, war der Umgang mit Wasserski, denn das hatte der Onkel vorher vergeblich versucht, anschließend konnte er sich wenigstens doch für ein paar Minuten auf den Schiern halten.

Auf eine Meldung an die vorgesetzte Stelle verzichteten Beide.

Zu den regelmäßigen Ausgangszielen zählte „das Haus der NVA", genauso wie das „Stadt Cottbus", die Sauna mit Fitness- Bereich, der Stadtwächter, die Ritterstube, das Mentana, ein Tanzlokal was er gern besuchte und nicht zuletzt „der Clou" die Nachtbar von Cottbus. Café' Süd (Café "Röckchen hoch") war selten ihr Anlaufpunkt, denn hier beherrschten die Panzer die Szene. Zum Abschluss gingen sie nicht selten, dann schon in den Morgenstunden zum Bahnhof, um dort noch einen Kaffee zu trinken, denn der anschließende Dienst musste ja auch gemeistert werden. Nicht selten schloss sich Micha dann in sein Farblabor ein, denn da hatte er verhältnismäßig lange Entwicklungszeiten, stellte sich den Kurzwecker und machte zwischen durch ein Nickerchen.

Amouröse Abenteuer hatte er in Cottbus nicht wenige. Namen spielen dabei keine Rolle, aber es gab da Zeiten, da war er mit drei Frauen gleichzeitig sexuell leiert und das Dumme daran war, dass alle Drei in einer Brigade im lokal bedeutenden Textilbetrieb arbeiteten, das war natürlich nicht geplant und reiner Zufall, führte dann aber doch zu brisanten Verwicklungen.

Ja, ein Kostverächter war Micha nicht, er liebte die Abwechslung und auch den amourösen Reiz, den jede neue Eroberung mit sich brachte. Seinem Zimmerkumpel, Jochen, war das gar nicht Recht, er hatte eine Freundin, die er auch noch während der Armeezeit ehelichte, in seinem Heimatort Hoyerswerda und blieb ihr, zumindest in der Zeit ihres gemeinsamen Wehrdienstes, treu.

Jedes Mal, wenn einer von der Einheit entlassen wurde, stand ihm zu Ehren ein Kompanieabend der besonderen Güte an. Dafür wurde auch jedes Mal eine Zeitung gefertigt, die aus seiner Zeit hat Micha aufgehoben. Diese Zeitungen wurden dann am Abend der Feier verkauft und mit dem Verkaufserlös die Party mitfinanziert. Die Abende fanden dann in ausgewählten Lokalitäten der Umgebung statt, die Unteroffiziere durften offiziell Zivil tragen und ausgelassen mit ihren Partnerinnen feiern. Das war jedes Mal ein echtes Highlight. Auch Micha hatte jedes Mal eine andere Freundin, die Ausnahme war seine eigene Entlassungsfeier, denn da war seine Freundin in Berlin, aber dazu später mehr

Auch wurden die Aufgaben mit denen er auf dem Gebiet der Farbfotografie betraut wurde immer anspruchsvoller. So hatte er auch einmal die Aufgabe ein Gegengutachten, was die Aufnahmequalität einer Luftbildkamera bei Farbfotos betraf, zu erstellen.

Japanische Experten bezichtigten unsere Hersteller einer ungenügenden Farbbrillanz, auch wären die Aufnahmen zu blaustichig. Michael machte mehrere Bilderreihen, sowohl als Papierfoto, als auch als Groß- Dia und konnte die Vorwürfe widerlegen. Das kostete ihm zwar zwei Tage Arbeitszeit und auch eine Menge an Material, denn schließlich musste er die unterschiedlichsten Filterkombinationen testen, bis er brillante farbgetreue Bilder und Dias hervorzauberte, auch testete er die unterschiedlichsten Ausgangsmaterialien an Film und Papier, ob maskiert oder auch ohne Maske. Das war schon ein ganzes Stück Arbeit, aber durch seine guten fotografischen Fähigkeiten wurde dadurch bestätigt, dass die Luftbildkamera die geforderte Bildqualität erreicht und die Ehre der deutschen Kamera- Hersteller war wieder hergestellt. Warum den Auftrag kein ziviles Farblabor erhalten hatte, lag daran, dass zu diesem Zeitpunkt das Monopol und die Ausschließlichkeit für Luftbildaufnahmen ausnahmslos beim Militär lagen, denn alle diese Arbeiten unterlagen der Geheimen Verschlusssache (GVS).

Auch fertigte Micha eine Bilderserie von Lübeck, der Film wurde als Schrägaufnahmen aufgenommen, so dass unsere Aufklärer die Luftbildaufnahmen aus dem Lufthoheitsgebiet der DDR vornehmen konnten. Bilder von dieser Serie schmückten dann auch bei ihm privat die Wand, denn dadurch, dass die Aufnahmen das Territorium der BRD betrafen, unterlagen sie keiner Geheimhaltung.

Das Gleiche betraf auch Bilder von Japan, die er im Rahmen des o.g. Gutachtens fertigte. So hatte er schöne Erinnerungen.

In seiner Zeit in Cottbus besuchte er auch gelegentlich Konzerte unserer Rockgrößen, wie Engerling, eine angesagte Beatle- Coverband, City, Bergendi (eine ungarische Band) und 4PS, damals noch mit Hansi Biebl.

Einmal kam Micha in eine haarige Situation, es gab bei ihm eine Schrankkontrolle, was auch immer der Anlass war, oder ihn jemand verpfiffen hatte, er hatte es nie erfahren. Erst wurden seine Bücher, vor allem die von Stefan Heym bemängelt, den Dissidenten im Bücherregal eines Unteroffiziers in der Kommando- Einheit, das ging ja gar nicht, aber da das alles Bücher von Verlagen der DDR waren, blieb es bei einer Rüge. Aber das war erst der Anfang, da stach dem Major das Bild der Gruppe Renft an seiner Wand ins Auge, das durfte nun weiß Gott nicht sein, die Band, die wegen Beleidigung der Arbeiterklasse und seiner Schutzorgane als nicht mehr existent erklärt wurden war. Das durfte nicht sein, sofort wurde sein Zimmer-Genosse beauftragt, das Bild zu entfernen und gut, dass er das machen sollte, er wusste von der brisanten Karte hinter dem Bild, es war eine Zivilerlaubnis, natürlich illegal und von Micha selber ausgestellt, das wäre hochgegangen, wie eine Bombe und so ließ Jochen zu seinem Schutz unbemerkt diese hinters Bett fallen. Und das war gut so, denn die Schrankkontrolle brachte den nächsten Kracher. Da fand man doch Passbilder von den zuständigen Stasi- Leuten, von einem Major und den der Bildstelle zugeordneten Aufklärungsoffiziers, einen Leutnant, dessen Namen nicht zur Debatte steht. Oh, da wurde die Stimme des Majors sehr laut, Geheimnisverrat und subversive Feindtätigkeit waren noch das Geringste, was man Micha nun unterstellte. Bei der folgenden Befragung im Beisein des Stasi- Offiziers konnte sich Micha nur rausreden, es als unerfahrenen dummen Jungenstreich abtun und um überzeugend rüber zu kommen, stellte er einen Antrag für den Eintritt in die Partei, der SED. Oh, da hatte man ihn am Haken, nun gab es auch kein Zurück mehr, irgendwie erfreut von diesem Entschluss, holte man sofort die nötigen Formulare und als Bürgen stellten sich der Kompaniechef persönlich und sein Stellvertreter.

Die Lage hatte sich für Micha damit um 180 Grad gedreht, vom vermeintlichen Volksverräter zum Kandidaten unserer Sozialistischen Einheitspartei und dass innerhalb weniger Stunden, war schon bemerkenswert. Dass er später diesen Schritt bitter bereut hat, ist eine andere Geschichte.

Die Verabschiedung des Kommandeurs rückte immer näher, seine 25- jährige Dienstzeit ging dem Ende entgegen. Er wollte im Anschluss bei der Interflug ein Luftbildunternehmen gründen, denn die neuen Gesetze erlaubten von nun an auch ein Unternehmen im Zivilen, welche im Auftrage der Volkswirtschaft Luftbilder fertigte. Auch bot er Micha an, nach seinem Studium für ihn in dem neu zu gründeten Unternehmen zu arbeiten. Michael fand das klasse und änderte aus diesem Grund auch die Studienrichtung von Lehrer für Mathematik und Chemie in Halle auf ein Studium der Verfahrenstechnik in Merseburg an der THLM „Carl Schorlemmer", aber dazu später mehr.

Die Verabschiedungsparty für den Major feierten sie im Café „Freundschaft". Michas damalige Freundin, die er eingeladen hatte, verguckte sich an dem Abend in Jochen, aber das schmerzte Micha wenig, denn so richtig mit ihr was anzufangen, hatte bis dato nicht funktioniert, dafür lernte er an dem Abend Rita kennen und aus der Beziehung entwickelte sich nicht nur eine kleine Liebelei, nein, sie waren richtig intim und das nicht als Onenightstand, sondern über Monate.

Ein anderer hochbrisanter Sonderauftrag, mit dem Michael betraut wurde, war während des Kosmos- Aufenthaltes von Sigmund Jähn auf der Sojus- Station. Unser Fliegerkosmonaut hatte die Multispektral-Kamera aus Jena mit am Bord um Aufnahmen mit dieser über den sozialistischen Territorien zu machen. Im Vorfeld wurden Aufnahmen über der DDR vom Flugzeug aus mit gleicher Technik zu Vergleichszwecken gemacht. Das Filmmaterial bekam die Cottbusser Bildstelle zur Entwicklung der Filme. Micha wurde damit beauftragt.

Mit den herkömmlichen Entwicklern, die sie bis dato nutzten, erzielte sie nur eine ungenügende Qualität. Aus diesem Grund wurde Micha ein sowjetischer Professor auf dem Gebiet der Filmbearbeitung zur Seite gestellt, um das hochwertige Filmmaterial, mit eigens dafür zusammengerührten Entwickler, zu bearbeiten. Sie fanden eine brauchbare Rezeptur und von nun an mischte Micha sich die Entwickler aus den Grundsubstanzen selber. Das war zwar eine sehr aufwendige Prozedur, aber letztendlich gab ihnen der Erfolg Recht.

Damit nicht genug, noch vor dem Aufenthalt unseres Fliegerkosmonauten im All, wurde Micha mit unbekanntem Ziel abkommandiert. Der Fähnrich brachte ihn nach Strausberg ins Oberkommando der Luftstreitkräfte. Von dort aus ging es nach Berlin zum Militärverlag. Dieser hatte den Zuschlag für die Präsentation des Kosmos- Ausfluges unseres Flieger-Kosmonauten Sigmund Jähn bekommen und durfte das Unternehmen bildtechnisch publizieren. Der Militärverlag brauchte aber für diese anspruchsvolle Aufgabe personelle Unterstützung und so kommandierte man Micha und zwei weitere Genossen aus anderen Einheiten ab nach Berlin. Nach einem kurzen Qualitätscheck arbeitete Micha von fort an im Farblabor, die beiden anderen unterstützten die Kollegen im Schwarz/ Weiß- Bereich. Für Micha war der Arbeitseinsatz, der sich auch bis zum Ende seiner Dienstzeit erstreckte, sehr lehrreich, denn hier hatte er die Möglichkeit für sich erstmalig mit westdeutscher und italienischer Technik dem Printer und am Dors zu arbeiten. Auch hatte der Militärbilddienst dort eine Entwicklungsmaschine für Farbbilder von Hoechst, so war eine gleichmäßige Qualität der Bilder gewährleistet und für Micha nur noch wichtig die richtige Filterkombination und Belichtungszeit einzustellen. Das Arbeiten mit dieser Technik machte ihm richtig Spaß.

Untergebracht waren sie im Wohnheim des Militärverlages in Karlshorst. Und da man keine Probleme mit ihnen an den Wochenenden in Berlin haben wollte, bekamen sie jedes Mal Urlaub.

Aber in der Woche durften sie nach Feierabend Berlin erkunden. Die erste Zeit testeten sie alle Broilergaststätten, die sie ausfindig machen konnten und kürten den Broiler in Karlshorst, der bis Mitternacht aufhatte, als den für sie Besten, der Broiler war knusprig und nicht zu fettig, für sie ein wahrer Gaumenschmaus. Natürlich testete Micha auch verschiedenen andere gastronomische Einrichtungen, Tanzlokale und Nachtclubs. Dabei bewegte er sich allerdings vorrangig in Treptow, Karlshorst und Köpenick,

Berlins Mitte und vor allem die Friedrichstraße sollten sie meiden und das taten sie auch, schon ihres Selbsterhaltungstriebes folgend.

Eines Abends lernte Micha Petra kennen, sie war zwar älter als er und hatte auch einen Sohn, aber das störte Micha nicht. Sie wohnte in Berlin- Treptow, direkt an der Mauer. Mit ihr verbrachte er von nun an seine Freizeit, sie zeigte ihm andere Seiten von Berlin und lehrte ihn auch im Liebesspiel, ja, so feurige Nächte hatte er zuvor nicht erlebt, sie hob den Sex auf eine für ihn neue Qualität. Da ist schon was Wahres dran, wenn man meint, man solle sich unbedingt auf eine erfahrene Frau einlassen, dadurch erlebte er von nun an alles intensiver.

Vor der Zeit mit Petra fuhr er am Wochenende meist nach Merseburg, einmal machte Micha auch Urlaub im Militärobjekt in Cottbus, da hat der Soldat am Kontrollpunkt vielleicht blöd geguckt, als er seinen Urlaubsschein mit der Zieladresse Militärflugplatz Cottbus in den Händen hielt, aber das war schon richtig so, Micha hatte mal wieder Bock auf die Stadt in der Lausitz und ein Bett hatte er nun mal bei der Bildstelle.

Mit einem jungen Leutnant, der zu Ausbildungszwecken am Standort weilte, zog er das Wochenende um die Häuser, war auch mal wieder im Clou, aber da er jetzt von Berlin infiziert war, schmeckte das alles hier sehr hausbacken.

Und so war es dann auch, dass er erst zu seiner Entlassung und der damit verbundenen Abschluss- Party, die für Jochen und ihn ausgerichtet wurde, mal wieder in Cottbus aufschlug.

Zuvor wurden sie in Berlin vom General Hahn persönlich mit einem Bildband zur Erinnerung an ihren Berlin- Auftrag und einer dicken Prämie verabschiedet.

Darauf war sogar ihr neuer Kommandeur in Cottbus neidisch. Als Abschluss- Auszeichnung erhielt er hier auf eigenen Wunsch noch einmal die Kratzerplatte (das Besten-Abzeichen mit Anhänger).

Die Abschluss- Party verlief ganz cool, Jochen und Micha waren die Hauptdarsteller und danach ging alles ziemlich schnell, sein Vater holte ihn mit dem Wartburg von Cottbus ab, denn er hatte doch allerhand Schätze in seiner Armeezeit angehäuft, neben einer Reihe von Büchern, war auch seine Schallplattensammlung ganz schön angewachsen, er hatte ja dort seinen Plattenspieler mit diversen Platten, die sich durch das gute Angebot in der Militärsverkaufstelle am Standort Flugplatz Cottbus verdoppelt hatte.

So verließ Michael mit dem Halstuch und der Reservistenmedaille drangesteckt seinen Wirkungskreis der vergangenen drei Jahre. Den Ehrendienst hat er niemals bereut, er brachte ihm neben der Fahrpraxis für große LKWs, eine gute Fotoausbildung, eine verlockende Berufsaussicht nach erfolgreich abgeschlossenem Studium und den Anspruch auf ein gutes Stipendium, was ihn finanziell unabhängig von seinen Eltern machte und das war ihm nach wie vor sehr wichtig.

Das Studium der Verfahrenstechnik

Merseburg hatte sich beginnend in den 60ern stark verändert. Neubauten bestimmten immer mehr die Skyline dieser Stadt. Auch nach Westen weitergebaut, an der

Straße, die nach Geusa ins Geiseltal führt, entstand ein Stadtteil besonderer Art. Hörsäle, Laboratorien, Verwaltungsgebäude, Technikums- Hallen der Technischen Hochschule „Carl Schorlemmer" entstanden innerhalb von wenigen Jahren. Die Hochschule war ein echtes Kind der DDR und trug auch den Beinamen „rote Hochschule". An ihr sollten vorrangig die zukünftigen Fachkräfte für die Chemie- Industrie ausgebildet werden. In den Fachrichtungen Chemie, Verfahrenstechnik, Wirtschaftswissenschaften, Werkstoffkunde, Physik und Mathematik studierten hier tausende junge Menschen. Es gab auch eine Spezialschule, die Abiturienten auf das spätere Studium vorbereitete. Die Studenten lebten in 12 Wohnheimen, die eigens für sie errichtet wurden.

Tja, nun war es schon November 1978, das Studium hatte offiziell im September begonnen, Michael kam, bedingt durch die Ableistung seines Ehrendienstes, jetzt erst an die Hochschule.

Immatrikuliert wurde er natürlich auch im September, hatte damals Urlaub, um diesen Feierlichkeiten beizuwohnen. Auch lernte er da seine zukünftige Seminargruppe, die

VT 78-01, und die Seminargruppenbetreuerin Beate kennen.

Sie waren dem Wissenschaftsbereich der Strömungsmechanik zugeordnet. Eine große Verpflichtung, wie sich herausstellte. Der Leiter dieses Wissenschaftsbereiches war Professor Naue, zugleich auch Rektor der Hochschule.

Um Micha den verspäteten Einstieg ins Studium zu erleichtern, hatte ein Kommilitone in den Vorlesungen für ihn mitgeschrieben. Es war Wolle, seine Schrift konnte zwar kaum jemand lesen, aber es war doch eine gut gemeinte Geste. Micha bedankte sich anerkennend.

Bald spürte er auch die Sonderstellung dieser Seminargruppe. Sie hatten den größten Anteil an Genossen im Studienjahr und von Beginn an eine damit verbundene Vorbildfunktion.

Obwohl Michael in Merseburg- Süd bei seinen Eltern wohnte, hatte er Anspruch auf einen Wohnheimplatz und das im Zimmer der größten Streber, Ronny und den Langen.

Aber vorerst wohnte er zu Hause, hatte sein Mansardenzimmer neu renoviert und zum Teil neu möbliert, ein selbst gebauter Schreibtisch gehörte auch dazu. Es war jetzt auch moderner und nicht mehr so plüschig, wie er es vor seinem Ehrendienst als Leuna-Lehrling eingerichtet hatte. Damals legte Micha Wert auf Bequemlichkeit, jetzt stand die Funktionalität im Vordergrund. Sein Hobby, den Obst-Wein, pflegte er auch wieder verstärkt und so setzte Micha im Jahr ca. 70 Liter von diesem süßen wohlschmeckenden Gesöff an.

Aber zurück zum Studium, morgens fuhr er mit seinem Motorrad zur Hochschule, war meist auch pünktlich, nur wenn mal wieder alle Ampeln Rot zeigten, wurde es etwas später, aber das kam nicht täglich vor.

Er muss allerdings auch gestehen, dass er sich den Einstieg in den Lernprozess doch leichter vorgestellt hatte, die drei Jahre Lernunterbrechung hatten doch einige Lücken gerissen. Am meisten erwischte ihn das bei M/L (Marxismus/ Leninismus) und in Mathe. Von der Dialektik, die jetzt gelehrt wurde, hatte er gar keinen Schimmer und die Klassiker studieren, war auch nicht sein Ding, aber auch in Mathe blätterte er in den sich eigens zusätzlich gekauften Lehrbüchern am Anfang mehr rückwärts als nach vorn. Oh, das Verstehen und Anwenden der vielen Lehrsätze waren nicht das, was er früher an der Schule beachtete. Micha lernte am Beispiel und über die Anwendung auch praxisbezogener Aufgabenstellungen. Das war aber hier ganz anders. So hatte er anfangs Mühe den Unterrichtsgeschehen zu folgen. Seine Mitstudenten waren ihm beim Aufholen eine große Hilfe, auch hatte er inzwischen seinen Schlafplatz ins Wohnheim verlegt um näher am Geschehen dran zu sein.

Auch war hier das Miteinander wesentlich interessanter als allein zu Haus. So machten sie hier auch mal spontan eine Flur- Fete, bei der die Flaschen kreisten, sie zur Gitarre sangen oder heiße Rhythmen aus der Konserve hörten. Ein Mädel fiel ihm dabei besonders ins Auge und da er sich, auch zur Freude seiner Eltern, von Petra getrennt hatte, war in seinem großen Herz wieder Platz für ein neues amouröses Abenteuer, oder sollte sich da später vielleicht mehr daraus entwickeln?

Den Anschluss an das vorherrschende Studienniveau schaffte er dann doch ziemlich schnell, es war schon vom Vorteil in einer so leistungsstarken Gemeinschaft zu lernen.

Auch war sein Kandidatenjahr zu ende, sie saßen im Hörsaal der VT zur APO-Versammlung und beim Verlesen der beiden ihn betreffenden Bürgschaften ging ein Raunen durch die anwesenden Genossen. Da stand einer, der sich beim Interkosmosprogramm verdient gemacht hatte, damit hatte keiner gerechnet und so wurde er einstimmig in die Reihen der Sozialistischen Einheitspartei Deutschlands als Mitglied aufgenommen. Nicht mehr nur Kampfreserve der Partei sondern jetzt vollwertiges Mitglied das war schon was. Die Vorschusslorbeeren brachten dann allerdings im späteren Ablauf auch zusätzliche anspruchsvolle Verpflichtungen mit sich.

Den Sportunterricht durften die Studenten beim Studium frei wählen. Da Micha keine speziellen Vorlieben hatte, entschied er sich für Allgemeinsport. Die Sportgruppe wurde dann allerdings mangels breiten Interesses der Basketballgruppe zugeordnet. Mit Basketball hatte er nun gar nichts am Hut, auch war er dafür doch mit seinen 1,74 m zu klein. Aber was soll's, vorerst gab es keine Alternativen.

Erst ein halbes Jahr später als die sozialistische Wehrerziehung immer mehr an Bedeutung gewann und in der Sektion auch eine Wehrsportgruppe gegründet wurde, wechselte Micha dahin. Hier stand vorrangig die Ausbildung an der Waffe, so wohl an der KK- MPi, als auch an der Mangolin Long, einer Kleinkaliber Pistole, so wie auch der Kraftsport im Mittelpunkt. Das war schon eher was für ihn und beim alljährlichen Leistungstest zeigte er auch, dass der Wechsel ihm und seiner Kondition nicht geschadet hatte. Die Grundübungen, wie Klimmziehen, Liegestütz usw. absolvierte er alle mit 100% und beim 3000 m- Lauf distanzierte er den Zweitplazierten des Studienjahres mit mehr als einer Minute Vorsprung. Seine überzeugenden Ausdauerleistungen rührten auch daher, dass er bei der Armee über einen längeren Zeitraum jeden zweiten Abend 3000 m auf dem nahegelegenen Sportplatz absolvierte und den anderen Abend mit der 50 kg-Hantel spielte. Auch war er von seiner Einheit damals zu jeden Fernwettkampf delegiert worden um Punkte für das Kollektiv zu sammeln. So war dieser Sporttest an der Hochschule für ihn keine Herausforderung.

Also vorerst alles richtig gemacht.

Das erste Semester war zu Ende und als FDJ- Gruppe hatte ihr Studienjahr ein Problem. Fast die gesamte Gruppenleitung hatte Leistungsausfälle, das war ein unhaltbarer Zustand, wo blieb da die Vorbildwirkung. Fazit war, Michael wurde per Partei- Auftrag in die Studienjahresleitung als stellvertretender Sekretär delegiert. Das war ihm anfangs gar nicht recht, denn er war froh gerade den Anschluss an das durchschnittliche Studienniveau geschafft zu haben, da sollte er sich schon mit gesellschaftlichen Aufgaben verzetteln, aber bei einem Partei- Auftrag hatte er keine Wahl, er musste, ob er wollte oder nicht.

Wenn er dann erst mal was machte, wollte er es auch richtig machen, aber das kostete wertvolle Zeit.

In ihrer Seminargruppe verzeichneten sie den ersten Abgang, ein Mädel hatte aufgegeben und bis zum Ende des ersten Studienjahres sollten noch drei dazu kommen, eine davon, die Heike, gesundheitsbedingt, die anderen beiden, ein Ehepaar hatte einfach die falschen Prioritäten, das Studium betreffend, gesetzt und konnte das geforderte Leistungsniveau nicht halten.

Auch machten sie eine Seminargruppenfahrt in den Harz nach Ballenstedt. Elvira organisierte das Ganze. Untergebracht waren sie in der Jägerhütte der dortigen Jagdgemeinschaft.

Da Micha mit dem Motorrad da war, durfte er früh frische Bäckerbrötchen holen und fuhr dafür mit Elvira in die Ortschaft, tranken bei ihr zu Hause nach dem Bäcker einen wohlschmeckenden Kakao, auch lernte er bei der Gelegenheit ihre Großmutter kennen, die ihn auch ganz sympathisch fand und fuhren dann zurück zur Jagdhütte. Die anderen hatten in der Zwischenzeit ihre Morgentoilette beendet und freuten sich auf das zünftige Frühstück. Nachdem sie sich gestärkt hatten, erkundeten sie die Umgebung. Ja, der Harz mit seinem Mischwald, seinen steilen Hängen und tiefen Tälern ist schon was Besonderes. Die Tage dort waren einfach herrlich.

Wieder in Merseburg zurück stand im Hause von Michas Eltern ein weiteres Familienfest an, Karola hatte Jugendweihe und traditionsgemäß kamen die Verwanden. Sie feierten in der Sportgaststätte am Stadtpark, so hatte man nicht zu Hause den ganzen Trubel.

Zu Pfingsten war Nationales Jugendfestival in Berlin, anlässlich des 30- jährigen Bestehens der Deutschen Demokratischen Republik und vier von der Seminargruppe VT 78-01 zählten zu den Delegierten. Das waren Ronny, Wolle, Elvira und Micha. Sie waren in einer Schule untergebracht, das Massenquartier störte sie nicht weiter, was für sie zählte, waren die vielen Kulturveranstaltungen. Sie besuchten Bands, wie Lift, Jürgen Kehrt, floh de collonch, Karussell, Jahrgang 49, den Oktoberklub, Berry Friedmann, Jack und Genossen um nur einige zu nennen, durften natürlich bei der Großdemonstration auf der Karl- Marx-Allee auch nicht fehlen. Nach den drei Tagen voller Eindrücke ging es dann traditionsgemäß im Güterwagen zurück nach Merseburg, das Transportmittel störte sie nicht, sie waren einfach nur müde.

Micha hatte eine Menge Fotos gemacht und wollte sie nun irgendwo entwickeln. Da bekam er den Tipp von der FDJ- Sektionsleitung, dass sie an der Hochschule einen Fotoclub hatten und welch Zufall, dessen Fotolabor war im Wohnheim 12. Voraussetzung dafür, dass er das Labor nutzen durfte, war die Teilnahme an einem gerade ausgeschriebenen Fotowettbewerb. Nun gut, er nahm am Wettbewerb mit drei Motiven vom Jugendfestival teil und wie es der Zufall auch wollte, gewann er diesen Wettbewerb und erhielt auch noch einen Sonderpreis für eine Foto- Montage. Die Prämie konnte er ganz gut gebrauchen, Geld zusätzlich, wer sagt da schon nein. Was er aber dann auch machte, er trat dem Fotoclub bei, denn die Labornutzung und dann noch im gleichen Wohnheim, was wollte er mehr. Mit dem Clubchef war er sich schnell einig, der Laborschlüssel war von fortan bei ihm. Auch machte er jetzt regelmäßig Fotos, manchmal gepaart mit einem Artikel, für das TH- Echo, der wöchentlich erscheinenden hochschuleigenen Zeitung. Zum Chefredakteur Ralf Busch hatte er dann auch bald ein freundschaftliches Du- Verhältnis. Und der Öffentlichkeitsarbeit ihres Studienjahres stand das auch gut zu Gesicht. Auch hatte Micha eingeführt, dass die Wandzeitungen auf den Wohnheimetagen, die sein Studienjahr belegte, monatlich mit aktuellen Themen gestaltet wurden. Den Anfang machte eine von ihm selbst gestaltete Wandzeitung zum Thema „sozialistisch Wohnen". Der Titel war von ihm eher provokativ gewählt, denn er zeigte dort in Wort und Bild die verdreckten Gemeinschaftsküchen, die mit Schnapsflaschen dekorierten Studentenbuden, einer Abreiß- und einer Mahl-Ecke. Die Wandzeitung schlug natürlich ein wie eine Bombe. Sie sorgte für regen Diskussionsstoff und mitunter wurden die Diskussionen direkt an der Wandzeitung ausgeführt. Das war ja auch das, was Micha erreichen wollte, die Wandzeitung nicht nur für propagandistisches Bla bla, sondern als streitbaren Kulturaustausch zu nutzen.

Das tat dem Studienjahr gut und so beschlossen sie, dass im monatlichen Wechsel jeweils eine Seminargruppe für die Neugestaltung zuständig war, Themen dafür gab es genug und des Öfteren steuerte Micha auch aktuelle Fotos aus dem Studienalltag bei.

Er hatte sich in Elvira verguckt und kämpfte um ihr Wohlgefallen. Auch fuhr er mal am Wochenende in den Harz um ihr bei einem Beleg in technischer Mechanik zu helfen. Sein Pech war allerdings, sie ist gar nicht das Wochenende nach Hause gefahren, sie blieb in Merseburg um zu lernen. Er zerfuhr sich bei der Tour einen Reifen und den Wohnheim- Schlüssel hatte er auch verloren, das kostete richtig Geld. Aber was soll's er war verliebt und was macht man da nicht alles, nur um bei seiner Angebeteten zu landen. Später, bei einer Seminargruppenfete anlässlich Ronnys Geburtstags fand er bei ihr Gehör und die Welt erstrahlte für ihn in den schönsten Farben.

In der Sommerpause nach dem ersten Studienjahr fuhren sie als Seminargruppe fast geschlossen nach Berlin in den Studentensommer. Sie arbeiteten dort in der Metallaufbereitung und demontierten Computerschrott. Was da allerdings alles auf dem Schrott gelandet ist, war für sie unverständlich. So wurden da unter anderen noch verpackte Messarmaturen entsorgt über die sich jedes technische Labor gefreut hätte. Micha hatte ja nun in Leuna gelernt und dort gesehen, an was es in den physikalischen

Laboren zum Teil fehlte und hier lagen die intakten Geräte auf dem Schrottplatz, oh Berlin, wie wurde hier verschwendet.

Ansonsten hatten sie hier super drei Wochen, waren zwar mal wieder in einer Schule und somit in einem Massenquartier untergebracht aber dafür konnten sie dort auch die gegebenen Freizeitmöglichkeiten nutzen, spielten Volleyball oder machten einen Stadtbummel, schließlich waren sie mitten in der Stadt und für sie aus der Provinz war das ein Kultur- highligth.

Auch nutzte er die Semesterferien um seinen Gesundheitszustand zu checken. Er ließ sich wieder in Bernburg einweisen um sich dort einem Schlafentzugs- EEG zu unterziehen, das Untersuchungsergebnis ließ mehr Fragen offen, als es Antworten gab.

Anschließend fuhr er nach Königerrode zu dem Bungalow, den seine Eltern angemietet hatten und auch Elvira auf ihn wartete.

Nach den Semesterferien im zweiten Studienjahr wurde Michael auch offiziell durch die Studentenschaft seines Studienjahres zum stellvertretenden Studienjahresvorsitzenden gewählt. Er propagierte zur Wahlveranstaltung ein straffes anspruchsvolles Arbeitsprogramm für das kommende Jahr, was natürlich auch eine Reihe von kulturellen und sportlichen Veranstaltungen innehatte. Wenn auch einige die Stirn runzelten, so stimmten doch letztendlich alle zu.

Sie gründeten im zweiten Studienjahr auch eine Vielzahl von Lernpatenschaften, da die Leistungen in Mathematik bei einer Vielzahl von ihnen zu wünschen übrig liessen, setzten sie sich in der Gruppenleitung mit ihrem Mathe- Dozenten Dr. Reinhard zusammen bestimmten Lerngruppen für fast jede Seminargruppe, für die einen war das eine Förderung für andere, was den Studienablauf betraf, überlebensnotwendig. Diese Aktion trug Früchte, die Leistungsausfälle minimierten sich. Die Unterstützung untereinander war bei ihnen zum studentischen Alltag geworden.

Anlässlich des 30. Jahrestages der DDR fand am Vorabend des 7. Oktobers der große Fackelzug der FDJ unter den Linden in der Mitte von Berlin statt. Aus allen Bezirken der Republik wurden ausgewählte FDJler dazu mit Bussen in die Hauptstadt gebracht, vorher mit dem neuen FDJ- Anorak ausge-

stattet, um somit ein einheitliches Fackel-
meer vor der Tribüne mit den DDR- Oberen
und Gästen zu präsentieren und Stärke und
Einheit der Jugend zu demonstrieren. Ronny, Wolle und auch Micha durften da natürlich auch nicht fehlen. Vor der Tribüne in Po-
sition gebracht, sangen sie alle die Internati-
onale, ein beeindruckendes Schauspiel.

Was im zweiten Studienjahr auch auf sie
wartete, waren das Armee- und das ZV-La-
ger. Hier galt es für die wehrhaften männli-
chen Studenten in Seelingstedt seine militärischen Kenntnisse aufzufrischen. Micha, als
Spezialist, war ja Luftbildfotograf, war sowohl bei der Werbung für den Reserveoffi-
zier, als auch den Motschützenalltag außen
vor und durfte als Stations- Unteroffizier die
Ausbildung mit absichern, das war ein gedi-
enter Job, vor allem stressfrei.

Ihre Mädels und die c- tauglichen jungen
Herren waren in Obertau zur Zivilausbildung,
wo vor allem der Katastrophenschutz auf
der Tagesordnung stand. Die Mädels hatten
mitunter eine stressigere und härtere Ausbildung als die Jungen.

Die Beziehung zwischen Michael und Elvira war in der Zwischenzeit eine richtige Liebe geworden, keiner wollte von dem anderen lassen, auch waren sie beide aus dem Wohnheim zu ihm in seine Mansarde gezogen. So konnten sie ihr Intimbereich doch mehr schützen und ihre Liebe in ruhiger Zweisamkeit ausleben.

Es war eine schöne Zeit. Einmal luden sie auch Freunde aus ihrer Seminargruppe ein und verbrachten einen lustigen Abend. Bis auf einen, Imtias, ihr Bangladeschi, trank Michas Mehrfruchtwein wie Apfelmost und das rächte sich umgehend. Die Seele aus sich rausgekotzt hat er sich dann auf der Toilette wieder gefunden und lehnte fortan jeglichen Weingenuss aus Michas Brauküche ab, er hatte die Wirkung des alkoholischen Getränks unterschätzt und musste nun bitter leiden.

Alle anderen waren immer angetan, wenn Michael zu ihren Wohnheimfeten einen 5 Liter- Ballon des süßen Gesöffs mitbrachte.

Für den Kultur- Wettstreit, der alljährlich an der Hochschule stattfand, hatten sie eigens ein selbstgeschriebenes Theaterstück eingeübt, namens Faust II. Es handelte sich um den junger Faust, der sich durch den Studentenalltag quälte und den „Merseburger Nächten" (ihre Version von dem Titel „Kreuzberger Nächte sind lang") vereinnahmen ließ. Er fand auch seine Gretchen, dargestellt von Elvira.

Das Stück gefiel dem in der Ölgrube, das war der angesagteste Studentenclub in Merseburg, anwesenden Publikum und sie belegten den ersten Platz.

Später bei einem Bezirksausscheid erhielten sie als Technikstudenten Anerkennung für ihre Darbietung, der Gruppe von der Kunsthochschule waren sie im Wettbewerb allerdings nicht gewachsen. Das störte sie wenig, bei ihnen an der Hochschule mussten sie es sogar Open air bei den Studententagen öffentlich aufführen. Die Seminargruppe hatte damit richtig gepunktet im studentischen Wettbewerb.

Die alljährlich stattfindenden Studententage waren der kulturelle Höhepunkt an der THLM. Geprägt durch studentische Vorlesungen, Vorstellung von Wissenschaftsprojekten und vielen kulturellen Veranstaltungen, sowohl in den Studentenclubs, als auch in den Hörsälen oder open air. Es spielten angesagte Rockbands, wie Electra, Reform, Stern Meißen aber auch Transit gaben sich hier die Ehre. Auch spielte das Hochschulkabarett „die TH-arantel" zur Freude vieler Studenten und Hochschulmitarbeiter.

Micha war meist mit dem Fotoapparat unterwegs und fotografierte für das TH- Echo, für Wandzeitungen im VT- Gebäude und Wohnheim, natürlich auch für sich privat.

Ein anderer kultureller Höhepunkt war der alljährlich stattfindende Fasching an der TH, dessen guter Ruf weit über die Grenzen der Hochschule hinausreichte. Karten dafür waren hoch begehrt und wurden auf Zuteilung verkauft. Obwohl sie schon an vier Tagen Fasching feierten, konnte der Bedarf nicht gedeckt werden. Ein buntes Programm mit Büttenreden, kleinen Theaterstücken und viel Life- Musik erwartete in den prächtig, meist themenbezogen gestalteten Räumlichkeiten der Mensa.

Bevor die neue Mensa gebaut wurde, fand der Fasching im Klubhaus in Leuna mit Tanz in allen Räumen statt. Als Lehrling hatte Micha 1975 schon mal das Glück dort mitzufeiern.

Eine Foto- Ecke gab es natürlich auch jedes Jahr, in der sich die Närrinnen und Narren in den verschiedensten Posen ablichten lassen konnten. Das war auch eine gute Einnahmequelle für den hochschuleigenen Fotoclub, wovon wiederum Foto- Material und neue Gerätschaften gekauft werden konnten.

Fast an jedem Tag gab es in irgendeinen Studentenclub, davon gab es zu damaligen Zeiten sieben, kulturelle Veranstaltungen, das gehörte einfach zum studentischen Alltag dazu und war auch ein guter Kontrast zum meist doch anspruchsvollen Studium, man konnte dadurch gut abschalten und sich reproduzieren, wenn man wollte.

Im Wohnheim 12 gab es auf jeder Etage einen Klubraum, der für Seminargruppen- Veranstaltungen gebucht werden konnte und oben im 10. Stock war „die Höhe", hier gab es jeden Tag was zu trinken, geselliges Beisammensein und auch kulturelle Themen-Abende.

Es war mal wieder Pfingsten und ein neues Festival stand an. Dieses Mal war es das

Treffen der DDR- Jugend mit den Komsomolzen dem Jugendverband unseres Bruderlandes der UdSSR in Karl- Marx- Stadt. Micha war der Delegierte seiner Sektion und durfte an den Feierlichkeiten in der sächsischen Vorzeigestadt teilnehmen. Das war natürlich eine große Ehre und erinnerte ihn ein wenig an das 1974 stattfindende Treffen in Halle, wo er damals als vorbildlicher Lehrling der BBS Leuna teilnehmen durfte. Da das ganze diesmal in einem anderen Bezirk stattfand, waren sie vom Kreis Merseburg auch nur 10 Delegierte. Elvira war privat angereist und bei Michas Bruder Heino, der vor Ort wohnte, untergebracht. So konnten sie einige kulturelle Veranstaltungen gemeinsam besuchen. So waren sie unter anderen bei Dean Reed, einem angesagte US-Schauspieler der sich auch damals als Protestsänger profilierte, einer Top Stuntshow mit Autos, dem Auftritt eines russischen Folklore- Chors, Gotte und natürlich der obligatorischen Großdemonstration. Einen Spielplatz zu rekonstruieren, half ebenfalls Halles Bezirksdelegation.

Aber nochmal zurück zu den Studentenklubs. Manch ein Student war so in die Klubarbeit eingebunden, dass er kaum noch Zeit fürs eigentliche Studium fand, auch aus ihrer Seminargruppe erwischte es einen, Paul, der dann auch mangels Leistungen in politischer Ökonomie vorzeitig exmatrikuliert wurde. Es war schade um ihn, in den technischen Fächern und gerade auch in Mathe war er ein Ass, aber den M/L- Fächern wurde zu den damaligen Zeiten eine große Bedeutung beigemessen, sie zählten mit zu den Hauptfächern und bei ungenügenden Leistungen darin, war es tödlich für das eigene Studium.

Michas Liebe zu Elvira schien Früchte zu tragen, sie erwarteten ein Kind, zuvor war aber traditionsgemäß ihre Hochzeit angesagt. Beide verständigten sich mit ihren Eltern und schon wurde alles organisiert, die jung Verliebten brauchten sich um nichts selber kümmern.

Eigentlich wollten sie diesen Sommer nach Bulgarien in den Studentensommer, aber die damit verbundenen Anstrengungen wollten sie Elvira nicht zumuten, also ging Micha zu Christof ihren Sektions- FDJ- Sekretär und verpflichtete sich statt für Bulgarien für das Interlager, was jeden Sommer während der

Semesterferien in Merseburg an der Hochschule ausgerichtet wurde.

Das entpuppte sich doch als eine größere Herausforderung als Micha vorher vermutete. Er war zuständig für die Studentenbrigade der Verfahrenstechnik, das waren ausnahmslos zukünftige Studenten der VT in ihrem sogenannten „Nullten Studienjahr", so bezeichnet, da sie noch nicht immatrikuliert waren. Aber damit nicht genug, er betreute außerdem die beiden Bulgarischen Studentengruppen aus Sofia und Burgas. Der Studentensommer forderte seinen Tribut. Sie arbeiteten In BUNA und gruben vor den Werkhallen der Karbid- Produktion Gräben für Kabel und Zu- bzw. Abfluss-Rohre. Das war eine Drecksarbeit, nicht nur der Staub der einem das Atmen erschwerte, nein, auch ein betonharter Boden durch den sie sich durchwühlten, natürlich unter der FDJ- Fahne, die ständig über ihnen wehte und passend dazu im FDJ- Hemd. Zum Glück hatte Micha mehrere, so dass er regelmäßig das Oberhemd wechseln konnte.

Kultur gab es natürlich auch im Studentenlager, neben gemeinsamen Sportveranstaltungen, Partys, einem Kulturwett-Streit zu dem jede Brigade ein Programm aufführte, fanden auch Wandzeitungs- und Plakat- Wettbewerbe statt.

Christof fungierte in diesem Jahr als Lagerleiter. Zwischen Micha und ihm hatte sich ein freundschaftliches Verhältnis entwickelt, was auch nach dem Interlager noch lange Bestand hatte.

Einen Höhepunkt gab es während des Studentensommers noch, sowohl Christof mit seiner Ljuda, als auch Elvira und Michael heirateten. Christof feierte das als Lagerhochzeit, hatte alle zur großen Party eingeladen, Elvira und Micha wollten die Feier privater angehen. Den Polterabend feierten sie am 31.07.1980 in Merseburg, Amselweg 11, hatten dafür den Hof als Party- Zone ausgestaltet, als Schlechtwettervariante die Hoffläche vor der Garage überdacht und mit Schilfwänden abgeteilt, über den Hof zogen sie Lichterketten und hatten Sitzgruppen gestellt, als Disco- Tower nutzten sie den Balkon, auf dem eine leistungsstarke Anlage platziert wurde, so konnte einer zünftigen Party nichts mehr im Wege stehen, die Gäste feierten lautstark, des Öfteren flog Porzellan und kündigte neue Gäste an, es kamen reichlich, Verwandte und Nachbarn, Bia, Micha Gundel und Günter nebst Partnern aus Michas ehemaligen Lehrzeit, Vertreter ihrer Seminargruppe die nebst Geschenk mit einem Gedicht aufwarteten, aber dem nicht genug, dann kam Christof gefolgt von ca. 40 Mitstreitern aus dem Interlager, die sich diese Feier nicht entgehen lassen wollten. Mit so vielen Gästen hatte das angehende Brautpaar nicht gerechnet, aber zum Glück hatten Michas Eltern gut vorgesorgt, so dass es an Speisen und Getränken nicht mangelte. Es wurde getanzt, gemeinsam gesungen, Rainer hatte seine Gitarre mit, er war Leiter des TH- Singe- Klubs und hatte dem zu folge auch eine Menge Lieder, einschließlich Volksliedern im Gepäck, gescherzt und gelacht wurde bis tief in die Nacht. Natürlich mussten traditionsgemäß die Scherben vor Mitternacht von dem Brautpaar zusammengefegt werden. Danach feierten sie weiter. Nicht umsonst machten sie zwischen Polterabend und Hochzeit einen Tag Pause.

Aufgewacht, wenn auch partiell doch noch etwas schlaftrunken, packten sie am nächsten Tag ihre Sachen und fuhren nach Ballenstedt in den Harz. Elvira ist dort noch zum Friseur um sich für die Hochzeit schick machen zu lassen, Micha nutzte die Ruhe vor dem Sturm noch zu einem kurzen Waldspaziergang.

Ausgeruht fuhren sie dann mit Schwiegereltern am Sonntag- Morgen nach Nienburg, der Stadt wo Bode und Saale zusammenfinden, zu ihrer Hochzeit.

Im dortigen Rathaus fand dann am späten Vormittag des 2. Augusts 1980 ihre Trauung statt, Schwiegermutter schniefte ins Taschentuch, ihre jüngste Tochter stand ja nun vorm Traualtar und die Standesamt- Angestellte gab sich in ihrer Festrede die größte Mühe. Alle Anwesenden waren ergriffen und so gaben Elvira und Michael sich das „Ja"-Wort. Draußen vor dem Standesamt wartete eine neugierige Kinderschar und beugte sich nach dem hingeworfenen Kleingeld, so verlangte es die Tradition, es war ein alter Brauch, warum sollten sie ihn an dem Tag brechen, die Kinder freuten sich und alle waren zufrieden.

Von dort aus ging es zum Hotel, das beste Haus am Platz. Dort wartete auf sie ein Stamm auf dem Sägebock, welcher traditionsgemäß vom frischvermählten Brautpaar zersägt werden musste. Kein Problem, denn sie waren ja alle Handwerker und somit war das keine große Herausforderung. Die Küche hatte ein zünftiges Festmahl gezaubert. Schwiegervater hatte Tage zufuhr ein frisch erlegtes Reh hingebracht und der Koch bereitete daraus einen schmackhaftes Mittagsmenü. In der Zwischenzeit war auch Michas großer Bruder nebst Familie eingetroffen und der gemütliche Teil des Festes konnte beginnen. Heiß war es an diesem Tag und nach dem Mittagessen strömten alle erst mal an die frische Luft zu einem Verdauungsspaziergang. Dagmar, Michas Cousine aus Senftenberg war auch anwesend, sie bezeichnete die Feier später als ihr schönstes Ferienerlebnis.

Der Jagdkumpel von Schwiegervater, der hier im Ort ansässig war, entführte das Brautpaar in sein Heiligtum, sein Jagdzimmer und blies ihnen ein Ständchen auf seinem Jagdhorn. Er war stolz drauf und allen Anwesenden hat es gefallen.

Dann ging es auch schon zum Kaffee, denn eine reich gedeckte Tafel, mit leckeren Torten und Kuchen wartete auf alle.

Auch Elviras Schwester mit Ehemann und Kindern, so wie ihr Bruder Peter waren unter der glücklichen Gästeschar, auch Onkel Horst und Tante Vera aus Halle durften nicht fehlen.

Für die richtige Stimmung sorgte auch die engagierte Disco, nur Michas Schwägerin Lara glänzte mit Abwesenheit. Sie war mit ihrer Tochter aufs Zimmer gegangen, die Kleine fühlte sich bei so viel fremden Leuten unwohl. Zum Abendbrot wartete neben vielen ausgesuchten Köstlichkeiten auch kalter Rehrücken auf die Hochzeitsgesellschaft. Jeder konnte sich mit seiner Lieblingsspeise den Bauch vollschlagen und den angefutterten Bauch anschließend wieder abtanzen. Bis spät in die Nacht gingen die Feierlichkeiten, doch alles hat einmal ein Ende, „nur die Wurst hat zwei".

Am nächsten Morgen wurde erst mal richtig ausgeschlafen, zum Frühstück trudelten dann alle langsam wieder ein und danach fuhren alle wieder gen Heimat.

Danach wartete das Interlager wieder auf Michael, wo noch zwei Arbeitswochen anstanden. Mit den Bulgaren machte er noch einen Ausflug in den Harz nach Thale auf den Hexentanzplatz und rüber zur Ross-Trappe, das kam bei denen gut an, so hatte sie bei ihrem Aufenthalt in der DDR auch ein wenig Harz- Luft geschnuppert, was nach dem Gestank von BUNA sicherlich ein Hochgenuss war.

Auch gab es noch einen gemeinsamen Ernteeinsatz in Seeburg, hier war Sauerkirsch-Ernte angesagt und die Kirschen schmeckten vorzüglich.

Zum Abschlussappell des Interlagers hatte die Brigade der VT zwar nicht den Wettbewerb gewonnen, sie wurden gute Zweite, aber Micha erhielt für sein Engagement die „Arthur Becker- Medaille" in Bronze, was ihn ein wenig mit Stolz erfüllte.

Danach machten Elvira und Micha eine kurze Hochzeitsreise nach Möhlau. Dort wartete der Bungalow von Onkel Horst und Tante Vera, welcher als Feriendomizil die folgende Woche ihnen gehörte.

Mit dem Motorrad erkundeten sie die Umgebung, natürlich war direkt vor Ort auch ein herrlicher Badesee, eigentlich sind es sogar zwei und so verbrachten beide super erholsame Tage.

Den Rest der Semesterferien war Erholung angesagt, Elvira und Micha machten ein paar Motorradtouren und ließen den Sommer ausklingen.

Vor ihnen lag das dritte Studienjahr, was ja seinen Höhepunkt im Bergfest finden sollte. Dafür waren aber noch reichlich Vorbereitungen in Angriff zu nehmen.

Der eiserne Kern des Studienjahres tingelten gut geschmückt in die Vorlesungen ihrer Hochschullehrer um reichlich Geld zu sammeln. Für die niederen Studienjahre war das eine willkommenen Ablenkung, wenn die aus der VT 78 mit viel Krach und Gesang in ihre Vorlesungen stürmten, ja so war es Tradition an dieser Hochschule. Auch organisierte Micha einen Arbeitseinsatz für das Studienjahr bei der Stadt, wo sie reichlich Geld dazu verdienten. Ein Teil davon wurde am gleichen Tag bei einer Fete für die teilnehmenden Mitstudenten verprasst, so als Vorfreude- Veranstaltung für den Bergfestball.

Fleißig übte das Vorbereitungskomitee für die bevorstehenden Feierlichkeiten, womit sie Roger und Frank aus der 03 betraut hatten. Um das Programm wurde ein großes Geheimnis gemacht und alle waren schon neugierig, reichlich Geld dafür hatten sie ja gesammelt und so rückte der Tag im Oktober 1980, auch mit Spannung erwartet, heran.

Den Auftakt an diesem Tag machte ein großer Umzug zum Vorlesungsgebäude der VT, wo sie zünftige Festvorlesungen von ihrem Matrikelberater Dr. Lampe und unserem Mathe- Dozenten Dr. Reinhard erwarteten.

In der Vorlesungspause warf sich Volker mit Rock & Roll am Klavier mächtig ins Zeug, die Stimmung war am Kochen und alle Anwesenden stark begeistert.

Abends folgte dann im feinsten Zwirn im Klubhaus von IMO- Merseburg der Bergfestball.

Das Programm war super, die Jungs hatten sich was einfallen lassen, im Stil der Comedien Harmonists, wurde der Abend eröffnet, es folgten Cover- Versionen von „Rata, rata" und ähnlichen Krachern, bis hin zum Strip, wo vor allem die Mädels jubelten. Als live-Band spielte das Zack- Set, das Bockbier floss in Strömen und es wurde ein langer Abend.

Eine Nachfeier gab es dann am nächsten Abend in „der Höhe", sie hatten auf Party-Modus geschaltet und das hielt noch ein paar Tage an.

Doch dann hatte der Studienalltag alle wieder eingeholt.

Am 26. Januar 1981 wurde dann an einem Montag der lang erwartete Sohn geboren, Grischa war da. Micha fuhr mit dem Motorrad nach Ballenstedt, denn als Geburtsort hatten sie Quedlinburg gewählt, für Elvira war es wichtig, ihren Sohn in vertrauter Umgebung zu gebären und das war gut so, Mutter und Sohn sollten Geborgenheit um sich spüren.

In Merseburg hatten sie im Wohnheim jetzt Anspruch auf ein Familienzimmer, welches Micha erst mal vorrichten musste, aber das tat er gern, denn so hatten sie ihr eigenes, wenn auch kleines Domizil.

Sohni wurde dann von allen Verwanden und Bekannten begutachtet, Michas Vater war besonders stolz, den Grischa war der erste Enkel, der ihn lachend begrüßte und so war die Brücke zur Verwöhnung gebaut.

Das Beide die Zukunft, also Studium mit Kind meistern werden, daran hatten sie nie Zweifel, denn Herdis hatte ihr Studium wegen der Geburt ihrer Tochter damals 1978 verspätet begonnen und bis hier her gut gemeistert, also werden Elvira und Michael das auch schaffen, sie sind ja hier sogar zu zweit.

In dem Studienjahr hatten sie ein Baby-Boom in der VT 78, neben Grischa wurden noch drei andere Kinder geboren.

Zu den Studententagen 1981 wurde die Seminargruppe VT 78- 01 auch mit dem Titel „Sozialistisches Studenten- Kollektiv" geehrt.

So lange Elvira und Michael noch keinen Kinderkrippenplatz hatten, war ihr Sohn vorrangig im Harz, dort hatten sie eine Kind-Betreuung und „Uiopa" fuhr Sohnemann täglich im Kinderwagen spazieren, auch sicherten die Schwiegereltern im Sommer die Zeit des Austauschpraktikums ab.

Dieses „Brak"-tikum, ihr Leiter war Professor Brak, absolvierten sie in Pardubice an einer Technischen Hochschule in der CSSR. Sie lernten dort am Analog-Rechner, verbrachten aber auch eine Woche im Riesengebirge, wanderten dort unter anderen auch zur Schneekuppe und besuchte ein Auto-Cross- Rennen in Novi- Mesto. Auch der Besuch der Elbe- Quelle, in tschechischen „Labe" durfte nicht fehlen. Die letzten drei Tage verbrachten sie in Prag, besuchten dort natürlich auch das Ufleku. Mit bei dieser Auslandsreise waren von ihrem Studienjahr auch Andreas und Carmen. Sie zehrten noch lange von den Erlebnissen.

Nach den Semesterferien wartete im vierten Studienjahr auf alle das halbjährige Ingenieurpraktikum. Elvira fuhr dafür regelmäßig nach BUNA, Micha musste ins Kalibergwerk nach Sondershausen. Das bedeutete für Beide eine lange Trennung, auch wenn Micha an den Wochenenden in Merseburg war, bedeutete das doch eine harte Zeit, vor allem für Elvira, die nun bei Schnee und Eis jeden früh mit dem Kinderwagen zur Kinderkrippe nach Merseburg West musste, um anschließend noch nach BUNA zu fahren und war immer allein die Woche über. Dazu kam das eines Abends auf dem Weg zu Michas Eltern sie überfallen wurde, den Schock hat sie nie richtig verdaut.

Aber sie haben die Zeit überstanden. Micha hatte ja in Sondershausen eine sehr interessante Aufgabe. War dort unter Betreuung von Herrn Jäger, einem ehemaligen Klassenkameraden von seinem ältesten Bruder Werner, mit der „Ermittlung des Stoffübergangskoeffizienten bei der Lösung von Carnalityt", welcher im Versuch im Solungsprozeß, bei diesem speziellen Abbauverfahren auftrat. Auch hatte Micha die Möglichkeit einmal mit unter Tage einzufahren und so eine Solungskammer, die bergmännisch erschlossen war, zu besteigen, das sah aus wie in der Saalfelder Feengrotte, war schon echt cool.

Die Hausarbeit tippte ihm seine Schwiegermutter auf der Schreibmaschine, Computer mit Word- Programm gab es damals noch nicht.

Die Arbeit fand bei ihrer Verteidigung im Wissenschaftsbereich an der Hochschule so einen Anklang, dass er kurzfristig damit auch am „Studentischen Vorlesungstag" mit der Präsentation der Ergebnisse teilnehmen durfte.

Sie waren damit in den Kreis der Ingenieure aufgenommen, aber sie wollten ja noch mehr, das Diplom war ihr aller Ziel, aber bis dahin blieb ihnen noch ein Jahr Zeit.

Es folgte ein Semester Spezial- Seminare und Fächern, wie Prozess- Verfahrenstechnik, Transportprozesse und Energiewirtschaft. Am Ende des Semesters warteten die sogenannten Hauptprüfungen, einschließlich in M/L auf alle. Micha hatte dabei ein glückliches Händchen, schloss PVT und M/L jeweils mit „sehr gut" ab und legte damit einen super Grundstein für das folgende Diplom.

Sie machten auch wieder mal eine Seminargruppenfahrt in den Harz. Diesmal waren sie in der Jugendherberge von Meisdorf untergekommen, von wo aus sie ihre Wanderungen zur Burg Falkenstein und durch das Selketal starteten. Quedlinburg gehörte natürlich auch zu den Ausflugszielen.

In der Zwischenzeit wurde Michael als Studienjahressekretär gewählt, da die bisherige Chefin ein Kind erwartete.

Als Seminargruppe bekamen sie in diesem Jahr den Titel „Hervorragendes Jugendkollektiv" verliehen. Die Ehrung erfolgte in Berlin im Staatsratsgebäude und wurde durch Willi Stoph vorgenommen. Micha durfte dem Ministerratsvorsitzenden die Hand schütteln. Anschließend speisten sie mit dem stellvertretenden Bildungsminister, bevor sie dann am Abend zum „Ball der Arbeiterjugend" im Palast der Republik geladen waren.

Als nächstes großes Ziel stand nun das Diplom auf dem Programm. Aber dazwischen lagen zu ihrer aller Freude die Semesterferien. Diesmal hatten Elvira und Michael sich für das Austausch- Praktika in Ungarn entschieden.

Das verlief ganz anders als im Vorjahr. Hier besuchten sie jede Woche ein anderes Hauptquartier, so waren sie die erste Woche in Miskolc. Mit von der Partie waren von ihrem Studienjahr Familie Pfeffer und auch wieder Carmen, als Betreuer standen ihnen Dr. Winkelmann von der Technischen Mechanik und Thomas Rümer von der Energiewirtschaft zur Seite.

Von Miskolc aus besuchten sie Sehenswür-
digkeiten und Betriebe der Umgebung. Die
zweite Woche waren sie in Vesprem, wo
sich ihre ungarische Partnerhochschule befand, auch besuchten sie hier den Palaton
für drei Tage. Die letzte Woche ging es dann
nach Budapest. Insgesamt hatten sie ca. 10
Betriebsbesichtigungen auf dem Programm,
zu denen auch eine Whisky- Herstellung
und eine Bierbrauerei gehörten, sehr inter-
essant waren auch zwei Porzellan- Manu-
fakturen.

Was für Elvira aber ein Graus war, waren die
fast täglich stattfindenden langen Busfahr-
ten, die sie meist nur stehend über sich er-
gehen ließ. Trotz allem fanden sie auch das
Austausch- Praktika als gelungen, es galt ja
auch dazu sich einen kleinen Einblick in ihre
zukünftige Tätigkeit, also die Arbeit in ir-
gendeinem Betrieb, zu verschaffen.

Michas Diplomarbeit schrieb er dann im Wissenschaftsbereich Technische Thermodynamik / Energiewirtschaft zum Thema „Kondensation von Gas- Dampf- Gemischen".
Das war darin geschuldet, dass er nach er-
folgreichem Abschluss des Studiums, nicht
wie einst geplant, bei der Interflug anfangen

sollte, sondern eine Assistenz im o.g. Wissenschaftsbereich antreten wollte.

Aber zu vor stand die Diplomarbeit auf der Tagesordnung. Micha tat sich schwer einen Anfang zu finden, verspielte viel Zeit mit spontanen Bibliotheksbesuchen, kümmerte sich auch vorrangig um seinen Sohn, da Elvira eine Genesungsauszeit bei ihrer Schwester in Coswig- Anhalt nahm.

Ja letztendlich musste Micha nun doch endlich mal anfangen. Ein Teil seiner Arbeit war das zukünftige Rechenprogramm schon im Hinblick auf seine anschließend folgende Aspirantur, zur Auswertung der geplanten Versuchsreihen, zum Laufen zu bringen. Das geschah am Großrechner in Leuna. Geschrieben war das Programm auf Lochkarten, ja das war damals der technische Standard, heute noch kaum vorzustellen. Das gelang ihm auch in vielen Nachtschichten, die er eingelegt hatte, um in Leuna so viel Rechenzeit wie möglich zu bekommen.

Als zweites sollte er eine mögliche Probe--nahmevariante für die Dampf- Gas- Gemische finden, welches ihm nur bedingt gelang.

Trotz allem schaffte er es die Diplomarbeit planmäßig noch im Februar 1983 einzureichen und mit dem Prädikat „gut" zu verteidigen, das war zwar weniger als sein Anspruch, aber es war geschafft.

Zum Studiums- Abschluss machten sie als Seminargruppe eine mehrtägige Fahrt nach Dresden.

Für die Studentenschaft der VT 78 stand ihnen natürlich noch der Diplomanten- Ball bevor.

Im Vorfeld hatte Micha wieder einen Arbeitseinsatz für alle bei der Stadt Merseburg organisiert, welcher zur Mitfinanzierung des geplanten Balls beitragen sollte.

Nach bewährtem Muster organisierten sie für alle Teilnehmer noch am gleichen Abend eine Party, so konnten sie sich schon mal gut auf den großen Ball einstimmen.

Der Diplomanten- Ball war dann auch ein gelungener Abschluss ihres gemeinsamen Studiums der Verfahrenstechnik. Zu vor wurden die Diplomzeugnisse in den einzelnen Wissenschaftsbereichen in feierlicher Atmosphäre übergeben.

Das stolze Ergebnis war, dass ca. zweidrittel der gemeinsam 1978 gestarteten Studenten ihr Ziel erreicht hatten und somit ca. 150 junge Diplomingenieure der Volkswirtschaft der DDR zugeführt wurden.

Den guten finanziellen Schatz den die VT 78- 01 in ihrer Seminargruppenkasse angespart hatten, wurde nicht auf die Mitglieder verteilt, nein, Micha ordnete an und damit fand er auch breite Zustimmung, das Geld für zukünftige Seminargruppenfeiern zu verwenden. Sie hatten damit auch regelmäßig einen guten Grund sich mal wieder zu treffen. Das Geld reichte dann auch bis in die 90er.

Michaels Zeit als Assistent

Im März 1983 begann seine Zeit als Assistent im Wissenschaftsbereich der Technischen Thermodynamik / Energiewirtschaft unter der Leitung von Professor Fratzscher. Sein Doktorvater war Dr. Wurf, der die von zur Hälfte von Chemieanlagenbau Grimma finanzierte Aspirantur betreuen sollte.

Es sollten nun drei bis vier Jahre mit wenigen Hochs und tiefen Tiefs vor Michael liegen, denn das war der für eine erfolgreiche Aspirantur beaufschlagter Zeitraum.

Herzstück seiner Forschungsarbeiten sollten experimentelle Untersuchungen der Kondensation von Dampf- Gas- Gemischen zunächst erst mal am vertikalen Einrohr- Wärme- Überträger sein.

Dazu kamen Lehrverpflichtungen zuerst im Fach Technische Thermodynamik.

Dazu besuchte Micha in Vorbereitung auf die selber durchzuführenden Seminare die dazu gehörende Vorlesungsreihe von Professor Fratzscher.

Natürlich gab es auch gesellschaftliche Verpflichtungen, so leitete er das FDJ- Studienjahr der von ihrem Wissenschaftsbereich neu zu betreuenden Seminargruppe und war Mitglied der Hochschulgruppenleitung der FDJ, zuständig für die sozialistische Wehrerziehung, der in den frühen 80er Jah-

ren in der DDR eine große Bedeutung zugeordnet wurde.

Mitglied im Fotoclub der Hochschule war Micha natürlich auch noch und als erstes organisierten sie mal wieder einen Foto- Wettbewerb, dessen Fotos sie dann in einer Aus-
stellung allen zur Begutachtung offerierten.

Das kostete natürlich vor allem viel Zeit, die
Micha seiner wissenschaftlichen Arbeit vor-
enthielt und im Verzetteln war er schon früher ein Meister.

Wieder klagte ihn seine Gesundheit. Er
konnte nicht abschalten, alles war zu nah.
Dadurch dass die Arbeitsstelle, seine Versuchsanlage, die Seminarräume und auch
die Bibliotheken im zu Fuß Bereich lagen,
hatte er zu wenig Abwechslung. Auch die
abendlichen Spaziergänge spielten sich
meist im naheliegenden Terrain ab. In den
Nächte lag er lange wach. Hin und wieder
machte er Crossläufe in der Umgebung, das
tat ihm gut. Aber davon ließ er wenig nach
außen dringen. Alle kannten ihn nur als
Durchreißer.

Die Versuchsanlage hatten ihm die Schlosser der Halle 4 über zwei Etagen reichend,

in die oberen Stockwerke nach Vorstellungen von vorrangig Dr. Wurf installiert. Nun hieß es für Micha sie mit Messtechnik zu bestücken und einen reproduzierbaren Versuchsablauf abzusichern. Als erstes musste die Verdampfer- Leistung aufgerüstet werden. Dazu installierte er eine zusätzliche elektrische Heizung, die er mit Wärmeleitkitt an die Innenwand des Verdampfers klebte. Nun musste die ganze Anlage noch gescheit isoliert werden, also die Rohre vom Verdampfer bis hin zur Messstrecke. Sämtliche Temperaturmessstellen verkabelte Micha mit einem Schreiber und eichte sie mit Eiswasser um eine akzeptable Messung durchführen zu können. Um später das Dampf- Gas-Gemisch in seiner Zusammensetzung vor der Messstrecke bestimmen zu können, organisierten sie eine Probenahme mit eigens dafür gefertigten Analyse- Röhrchen, die mit der Probe befüllt wurden um sie dann mittels Gaschromatographie zu analysieren.

Am Gaschromatograph fuhr Micha in Folge Testreihen. Aber diese Arbeiten zogen sich über Monate hin.

Die ersten Versuchsreihen mit der Anlage fuhr er mit Wasser, hier waren die zu erwartenden Ergebnisse hinreichend bekannt und mussten nun durch den Versuchsaufbau bestätigt werden, was auch zu ihrer aller Freude gelang, denn das zeigte auch, dass die projektierte Versuchsanlage voll funktionsfähig war.

Doktor Wurf und Michael verteidigten ihre Ergebnisse mit Erfolg vor ihrem Vertragspartner in Grimma und schraubten dort die Erwartungen auf das Gelingen weiterer Versuchsreihen nach oben.

Den Sommerurlaub verbrachten Elvira mit Michael und Klein- Grischa auf dem Fahrrad, sind von Merseburg aus nach Coswig-Anhalt geradelt, machten dort Station bei Vanessa und Eberhard, von dort weiter nach Magdeburg zu Michas Bruder Werner. Dort fuhren sie viel Straßenbahn, weil das Grischa, ihrem kleinen Sohn so gefiel. Auch besuchten sie noch den Magdeburger Zoo. Von Magdeburg aus ging ihre Tour dann in den Harz, natürlich nach Ballenstedt. Schwiegereltern freuten sich, mal wieder ihren Enkel zusehen. Auch nutzten sie ihren Aufenthalt hier für einen Waldspaziergang und das Enten- Füttern im Schlosspark durfte auch nicht fehlen. Nach zwei Tagen ging es dann zurück nach Merseburg. Ja, so ca. 250 km hatten sie bei ihrer Rundfahrt runtergestrampelt und sie fühlten sich top in Form, tja, so einen Aktiv- Urlaub macht man doch leider viel zu selten.

In seiner Funktion als Wehrsportverantwortlicher an der Hochschule kreierte Michael sogenannte Schützenfeste, bei denen Vertreter verschiedener Seminargruppen gegen eine Mannschaft des Lehrkörpers, nicht selten auch mit einem Professor in ihrer Reihe mit der KK- MPi im Schützen- Duell gegeneinander antraten. Das Gegeneinander ähnelte dem Biathlon, geschossen wurde auf Klappscheiben. Die Siegermannschaft wurde mit Pokalen, meist Bierkrügen, geehrt, welche dann anschließend beim gemeinsamen Umtrunk in der nahegelegenen Clubgaststätte eingeweiht wurden. Ein anschließender Artikel mit entsprechenden aussagefähigen Fotos in der nächsten Ausgabe des TH- Echos war natürlich Pflicht, klappern gehört ja bekanntlich zum Handwerk und alle hatten einen Anspruch auf Informationen, auch gerade weil es sich um eine Aktivität im Rahmen der sozialistischen Wehrerziehung handelte.

Im Herbst 83 schaffte auch Elvira ihr Diplom, sie musste, krankheitsbedingt Zeit verstreichen lassen und wechselte dann noch das Diplomthema, untersuchte letztendlich Sinovialflüssigkeiten von Gelenken auf ihre Fließeigenschaften im Wissenschaftsbereich von Christof, also bei der Verarbeitungstechnik und begann im Anschluss die Tätigkeit des Bereichsingenieurs im selben Wissenschaftsbereich.

Als Belohnung fuhren Beide dann mit Dr. Wurf und Bekannten in die Sächsische Schweiz nach Bad Schandau. Dort nächtigten sie im Hotel „zur Krone".

Der Herbst als Malers Mann hatte bereits dafür gesorgt, dass die Bäume mit ihren Baumkronen in den schönsten Farben erstrahlten, ja, es war ein goldener Herbst. Täglich hatten sie sich Wanderziele gesteckt.

Zuerst stand natürlich der Königstein, mit seiner uneinnehmbaren Festung auf dem Programm. Bei einer Führung ließen sie sich alle Highlights zeigen, es war schon eine beachtliche Meisterleistung, die die Bauleute damals ablieferten und bis heute davon Zeugnis ablegen.

Am nächsten Tag ging es quer durchs Elbsandsteingebirge zum Lilienstein und von dort wieder nach Bad Schandau zur bekannten Bastei. Ja, das verlängerte Wochenende hatte allen gut getan.

Zurück in Merseburg standen die Jahresabschluss- Feiern auf dem Programm und im Wissenschaftsbereich hatten sie sich was Besonderes einfallen lassen. Ein kleines Kulturprogramm durfte bei der feucht fröhlichen Feier natürlich nicht fehlen. Sie feierten bis spät in die Nacht, das störte auch nicht, denn der nächste Tag war Samstag, also Wochenende und alle konnten ausschlafen.

Nein, die Bereichsfeiern waren immer toll, Frau Panter, eine der Labormäuse, hatte schon ein Händchen für solche Feierlichkeiten, egal ob es sich um, wie in diesem Fall, die Jahresabschluss- Feier oder auch um Promotionsfeiern handelte.

Der März 84 folgte und sein erster Jahresforschungsbericht stand auf der Tagesordnung. Ihm stand der Schweiß auf der Stirn, jetzt hatte er echt Stress, denn zu oft hatte er sich von seiner Forschungsarbeit ablenken lassen, sich streckenweise förmlich verzettelt. Mit der Hilfe von Dr. Wurf hatten sie einen anspruchsvollen wissenschaftlichen Rechenschaftsbericht zusammen gezaubert, Professor Fratzscher schien begeistert und lobte die Leistung, denn für das erste Jahr war das schon beachtlich, tja, Dr. Wurf hatte eine gute Vorarbeit geleistet und ließ Michael in einem strahlenden Licht erscheinen. Das setzte natürlich den Anspruch für das nächste Jahr verdammt hoch, vielleicht doch zu hoch, denn Micha war ganz schön ausgebrannt und dabei lag der längere Teil des Weges noch vor ihm.

Elvira, Michael und Grischa wohnten immer noch im Wohnheim, also zu Dritt in einem Zimmer und auch die Nähe zur Hochschule erschwerte eine mögliche, aber unbedingt notwendige Reproduktion.

Auch waren Michas Eltern all gegenwärtig und mit jeder Kleinigkeit standen sie vor der Tür oder dem Balkon, welcher unglücklicher Weise die Zufahrt zur Wäschekammer unter sich verbarg und somit einen ungehinderten Zugang zu ihrem Balkon im Hochparterre bot.

Dazu kam erschwerend, dass sich Micha auf eine Seitensprung- Affäre eingelassen hatte, die harmlos als Flirt zwischen zwei FDJ-Funktionären begann, denn es war auch noch während einem Schulungswochenende in einer Jugendherberge in Bernburg, wo er sich dann nach dem Genuss von reichlich Alkohol auf ein intimes Liebesspiel mit einer dickbusigen, blonden Schönheit („es gibt keine hässlichen Frauen, es gibt nur zu wenig Alkohol") eingelassen hatte, welches sich dann an der Hochschule meist neben dem Genuss einer Flasche Rotwein in ihrem Wohnheimzimmer fortsetzte. Auch wusste Micha zu dem Zeitpunkt nicht, wie er aus dieser Nummer wieder rauskomme und so nahm der Sexrausch, meist am Vormittag zwischen den Lehrverpflichtungen, seine Fortsetzung. Das belastete im nüchternen Zustand gesehen Micha schwer.

Zur Promotion gehörte in der DDR auch eine weitere Qualifizierung im Studium der Klassiker, nicht dass Michael mit der Dialektik des Marxismus schon voll ausgefüllt war, trieb ihm sein Ehrgeiz dazu noch bei der „Chronik der Geschichte der FDJ an der THLM" mitzuschreiben. Aber daran hatte er sich verschluckt, wollte aus den Quellen noch mehr brisante Szenen herausfiltern um den Spannungsbogen weiter zu erhöhen, saß dafür halbe Nächte lang vor einem großen Aktenberg und las und las, doch der Weisheit letzten Schluss fand er nicht, schlimmer noch, er fand noch nicht mal den Anfang der Geschichte, um den ihm vorgegebenen historischen Zeitabschnitt zusammenzufassen. Er zerbrach, denn seine unausgegorene Stoßarbeit, ohne nur einen Funken an einer Möglichkeit zur Reproduktion brannte ihn vollkommen aus. Für die Vorbereitung der Lehrverpflichtungen brauchte er nun ungewöhnlich viel Zeit und Kraft, auch war er mit dem Ergebnis nie zufrieden, nein, so konnte und durfte es nicht weitergehen.

Der Zustand der Unzufriedenheit machte ihn krank, nichts wollte mehr so richtig gelingen, selbst die Seminare, die er gab, befriedigten ihn nicht im Geringsten, es gab nur noch Selbstzweifel und der Erfolgsdruck, den er sich selber aufbaute, wuchs ins Unermessliche.

Wo sollte das hinführen? Entsprechend seinem gestressten Zustand fertigte er eine Wandzeitung zum Thema „Mensch, Opfer seiner selbst?!". Im Mittelpunkt war das Foto einer attraktiven Frau und um sie herum waren die verschiedensten Einflussfaktoren mit Pfeilen auf sie gerichtet, in dem es um Umweltverschmutzung, Krieg, Hunger aber auch Lärm und tätlichen Angriff auf ihre Persönlichkeit ging. Das Wandzeitungsprojekt wurde viel diskutiert und interpretiert, wie ihm später unter dem Siegel der Verschwiegenheit zugesteckt wurde, ist er damit nur knapp einem Parteiverfahren entgangen und nur aufgrund seiner bisherigen Erfolge und Zeugnis seiner Parteitreue wurde davon Abstand genommen. Ja so empfindlich waren die Parteifunktionäre.

Langsam drehte er voll am Rad, dazu kam erschwerend, dass er nicht mehr Abschalten konnte, in den Nächten wälzte er sich nur hin und her, Schlaf konnte er kaum noch finden. Der Zustand wurde für ihn und auch seine kleine Familie unerträglich.

Über nunmehr mehrere Wochen hatte er schon nicht mehr durchgeschlafen. Da half auch nicht mehr sein autogenes Training, welches er ein halbes Jahr vorher unter ärztlicher Anleitung sich angeeignet hatte. Auch nahm er die verschiedensten Schlaf- und

Beruhigungstabletten und das schon in einer ungesunden Menge. Nichts aber auch garnichts wollte ihm aus seiner Sicht gelingen. Er war verzweifelt, wusste nicht mehr weiter, sah für sich keinen Ausweg, nirgends Licht am Horizont. Bis tief in die Nacht saß er über alten Ordnern um Informationen zu finden, die er sich einredete für eine wissenschaftliche Arbeit zu benötigen. In seinen früheren Zeiten hätte er das Material gar nicht erst angefasst. Er ließ sich nicht helfen und war total verbohrt. Überall nur noch Selbstzweifel, hatte er sich bei der gesellschaftlichen Tätigkeit verhoben? Hatte er die Priorität falsch gesetzt?

Eines sonntagmorgens stand er dann auf dem Balkon in der 9. Etage ihres Wohnheimes. Nur Panik im Kopf und voller Selbstzweifel schaute er vom Tisch, den er vor die Brüstung des Balkons gestellt hatte, in die Tiefe. Endlich Schluss machen, den befreienden Sprung nach unten nur noch ein wenig rauszögernd, lief sein verpfuschtes Leben im Schnelldurchlauf noch mal vor seinen Augen ab, keine Zukunftsaussicht am Horizont, nur Zweifel und Marter so dass sein Kopf zu zerbarsten drohte. Nur den einen Schritt noch und dann die Erlösung in der eigenen Vernichtung.

Kein Ausweg, kein Plan B, nein, wie immer hatte er alles auf eine Karte gesetzt und letztendlich verloren. Verloren, oder war da nicht auch noch eine große Portion Selbstmitleid dabei. Der sonst immer vorne weg rennende Michael war an den sich selbst gesetzten Maßstäben gescheitert, zumindest sah er das im Moment so und kein Lichtstreif am Horizont wollte sich auftun, nein, so konnte es nicht weiter gehen. Doch als ehemaliger Fallschirmspringer hatte er auf einmal jetzt Angst, Angst davor, wenn er da unten aufschlägt nicht tot zu sein und sein Leben im Rollstuhl fristen zu müssen, nein, das war keine Alternative, also wie muss er seine Hände daran hindern, sich aus antrainiertem Reflex als stabile Fallbremse aufzustellen, um dann weitgehend nach unten, wenn auch mit sehr hoher Geschwindigkeit, aber doch zu gleiten?

Der Sowjetsoldat auf seinem Postengang schaute zu ihm hoch und winkte ihm zu.

Michael wurde aus seinen selbstzerstörerischen Gedanken gerissen, wollte schon vom Tisch steigen, doch da klopfte es an der Tür. Er hatte den Schlüssel von innen ins Schloss gesteckt. Jetzt hämmerte jemand gegen die Tür. Michael breitete die Arme aus und sprang kopfüber in die Tiefe.

Ein Sprung aus dieser Höhe auf Beton da bestand keine Chance aufs Überleben. Dadurch dass Sonntag war, gab es kaum einen Menschenauflauf. Elvira stand verzweifelt neben den Überresten ihres Mannes, sie konnte es nicht verstehen, was da vor wenigen Augenblicken geschehen war. Er war doch immer so stark. Sie wusste, dass er wegen Schlafstörungen in Behandlung war, dass es ihm zurzeit nicht gut ging, aber immer, wenn sie ihn fragte, wie sie ihm helfen könnte, kamen nur Ausflüchte, meist hat er nur alles weggelächelt. Nein, sie wurde nie so richtig schlau aus ihm, schade, sie hätte ihm doch so gern geholfen. Ronny und Elke standen neben ihr. Der zur Hilfe gerufene Notarzt konnte nur noch den Tod feststellen. Noch am Nachmittag wurde gründlich sauber gemacht, alle Spuren wurden beseitigt. Auch gab es später außer die Todesanzeige, die seine Eltern aufgesetzt hatten, keinerlei Notiz zu diesem Vorfall, weder in der Tageszeitung noch im TH- Echo.

Am nächsten Tag gingen sie zusammen zu dem Neurologen, bei dem Micha seit einem halben Jahr in Behandlung war. Erst wollte dieser ihnen keine Auskunft geben und berief sich auf seine ärztliche Schweigepflicht. Als sie ihm erklärten, was geschehen war, machte er eine Ausnahme. Michael litt seit Jahren an manischer Depression und das einzige Präparat, was da wirklich helfen könnte, wäre Lithium und das hat er wegen der Risiken und der möglichen Nebenwirkungen abgelehnt, Schade eigentlich.

Die Beisetzung fand auf den Friedhof in Kötschen statt. Neben den Familienangehörigen kamen noch Kollegen und ehemalige Mitstudenten, selbst Freunde aus seiner Lehrlingszeit waren anwesend. Die Halle war gut gefüllt. Neben der offiziellen Trauerrede, die seine Eltern bestellt hatten, sprach Ronny noch ein paar persönliche Worte. Es war eine beklemmende Stimmung, dabei hätte sich Michael sicherlich eine lustige Abschiedsparty gewünscht.

Da Michas Mutter Elvira für alles die Schuld gab, war für Elvira klar, dass sie nicht in Merseburg bleiben wird.

Sie kündigte noch in der gleichen Woche ihren Job an der Hochschule und ging zurück in den Harz.

Epilog

Das Leben musste irgendwie weiter gehen. In ihrem Heimatort fand sie eine Anstellung im Rathaus. Die sollte für sie nur eine Übergangslösung sein, bis Grischa aus dem Gröbsten raus ist.

Als ich sie ein paar Jahre später bei einem Seminargruppentreffen wieder traf, hatte sie auch ein Lächeln im Gesicht. Auch Grischa war bei, er war ja damals unser "Seminargruppenbaby", alle haben ihn gerne mal beaufsichtigt, wenn seine Eltern unterwegs waren.

Das Leben ist schön und bringt jeden Tag neue Überraschungen mit sich, also liebe Leser, verdrängt die trüben Gedanken, der nächste Tag hat neue Chancen im Gepäck, lasst uns diese meistern.

Literaturverzeichnis

Guse, E. (1980). *Merseburg.* Leipzig: VEB F.A. Brockhaus Verlag Leipzig.

Kleinbauer, D. (1992). *Merseburg.* Berlin: Nicolaische Verlagsbuchhandlung Beuermann GmbH.

Stekovics, J. (kein Datum). Der Dom zu Merseburg. Evangelisches Kirchspiel Merseburg.

Bibliografische Information der Deutschen Nationalbibliothek: Die Deutsche Nationalbibliothek verzeichnet diese Publikation in der Deutschen Nationalbibliografie, detaillierte Daten sind im Internet über dnb.dnb.de abrufbar.

© 2021 Manfred, Walter Wengler

Herstellung und Verlag: BoD- Books on Demand, Norderstedt

ISBN: 9783754307861

FSC
www.fsc.org

MIX

Papier aus ver-
antwortungsvollen
Quellen
Paper from
responsible sources

FSC® C105338